HISTÓRIA NATURAL DAS FADAS

Das Anotações da Professora Elsie Arbour

Compilado por **Emily Hawkins**
Ilustrado por **Jessica Roux**

Tradução
Renan Santos

DARKSIDE

Nota do Editor

A edição original deste livro, um volume datado da década de 1920, foi descoberta nos arquivos do Museu Britânico de História Natural, em uma pasta com os dizeres NÃO CONFIRMADO. Embora o editor tenha feito esforços para encontrar a professora Elsie Arbour, nenhum vestígio dela foi descoberto. Por essa razão, o editor não pôde confirmar a autenticidade do conteúdo deste livro. Assim sendo, ele está sendo apresentado aqui apenas como uma curiosidade. Aos leitores ávidos por descobrir se fadas realmente existem, aconselha-se que empreendam suas próprias investigações.

Meus óculos somem e reaparecem nos lugares mais inusitados. Alguém poderia até pensar que uma brownie travessa estava me pregando peças...

Sumário

Meadowbrook House
Minstead
Hampshire
17 de julho de 1925

Querida Annabelle,

Como você sabe, durante minha carreira construí minha reputação como estudiosa de plantas viajando pelo mundo para aprender tudo que eu pudesse sobre flores e árvores. Contudo, o que você não sabe é que, no decorrer do meu trabalho, deparei-me com uma nova área de estudos; uma que, nos anos recentes, tem se tornado minha verdadeira paixão. Fiz enormes esforços para manter este trabalho em segredo, temendo que, caso sua verdadeira natureza se tornasse conhecida, eu seria ridicularizada pelos meus colegas e rotulada como tola. Este trabalho secreto, querida, é o estudo das fadas.

As fadas estão por toda parte, ao nosso redor, mas são criaturas tímidas e podem ser bastante difíceis de ser encontradas. Você pode ter sido sortuda o bastante e já ter visto uma, talvez nos fundos do seu jardim ou até mesmo no sótão. Compilei este livro como um guia para as diferentes espécies de fadas do mundo inteiro. Nestas páginas, você descobrirá onde e como as fadas vivem, seu papel no mundo natural e como encontrá-las.

Estou prestes a embarcar em uma expedição à América do Sul, onde viajarei até as profundezas da floresta tropical amazônica para procurar pela pouco conhecida fada beija-flor. Esta empreitada será repleta de perigos, então, antes de partir, estou lhe enviando este livro, para que você o guarde em segurança. Talvez ele inspire algumas aventuras particulares em sua busca por encontrar fadas.

Com todo o meu amor,
Tia Elsie

Um excerto do diário da tia Elsie:

Sexta-feira, 28 de junho de 1895

Que dia peculiar. Enquanto trabalhava no jardim após o almoço, escutei fragmentos de risadas tilintantes. Elas vinham da estufa. Devagar e em silêncio, caminhei na ponta dos pés até a porta de entrada e parei na soleira. Ouvi as risadas outra vez, agora muito claras. Então, para a minha surpresa, uma pequena criatura alada, com uma forma semelhante à humana, saiu voejando das minhas mudas de tomateiro e me olhou diretamente nos olhos. Não consigo descrevê-la de nenhum outro modo senão como uma fada!

Tia Elsie em seu jardim, 1923

Fato ou Folclore?

No decorrer da história, muitos repudiaram as fadas argumentando que eram puro folclore ou classificando-as como seres "mágicos". Muitos disparates já foram escritos sobre as fadas, referindo-se a elas como espíritos místicos, fantasmas, anjos ou até mesmo alienígenas do espaço sideral! Neste livro, tento refutar esses mitos tolos: as fadas são tão reais quanto eu e você. Só é preciso ter um pouco de paciência para encontrá-las.

Assim como estamos a um passo de descobrir mais sobre essas criaturas belas e esquivas, as ações humanas possivelmente estão em via de pôr a existência delas em risco.

A VIDA SECRETA DAS FADAS

Ao longo dos últimos trinta anos, escalei montanhas traiçoeiras, transitei por entre pântanos infestados de mosquitos e enfrentei desertos escaldantes, tudo com o objetivo de encontrar e estudar as fadas em seus habitats naturais. Perdi a conta das horas que passei empoleirada perto de riachos, debaixo de chuvas torrenciais, para observar as ninfas do rio, ou rastejando em bosques úmidos para me aproximar das fadas das florestas. Este livro é o resultado de todo o meu árduo trabalho. É uma coleção completa da minha pesquisa a respeito dessas criaturas pouco conhecidas.

Essas criaturas reservadas são peritas em se camuflar entre folhas e flores.

Mantendo a Mente Aberta

Até agora, pouca pesquisa científica foi feita a respeito da vida das fadas. Em grande parte, isso ocorre em razão de as fadas serem extremamente difíceis de ser rastreadas devido à sua natureza reservada e aos impressionantes meios de camuflagem que utilizam. No entanto, isso não significa que elas não sejam reais. Tomando a lula gigante como exemplo: essa criatura marinha de aparência bizarra era tida como um mito, até que, em 1861, pedaços dela foram trazidos à costa por um navio de guerra francês. Descobrimos milhares de espécies animais em nosso planeta e outras novas estão sendo identificadas a todo instante. Meu argumento é este: só porque a ciência ainda não descobriu o maravilhoso mundo das fadas, isso não significa que elas não existem...

Habitats em Perigo

No decorrer da minha pesquisa, testemunhei algumas cenas de partir o coração. Em alguns lugares, as ações humanas estão colocando os habitats naturais das fadas em risco. Quando florestas e bosques são derrubados para dar espaço a terras agrícolas ou para fornecer madeira para a construção civil, os lares das fadas são destruídos. Quando esgoto é bombeado nos rios, as habitações das fadas aquáticas ficam poluídas. Quando fadas são forçadas a inalar a fumaça das fábricas ou dos automóveis, a saúde delas sofre. É vital aprendermos tanto quanto pudermos sobre as fadas, para que possamos protegê-las e salvaguardar seus preciosos habitats.

O QUE SÃO AS FADAS?

Antes de analisarmos as fadas, devemos primeiro entender o que essas criaturas são. Todas as coisas vivas podem ser classificadas em grupos, dependendo de suas características físicas. O naturalista sueco Carl Linnaeus introduziu, nos anos 1700, um sistema para agrupar plantas e animais, conhecido como taxonomia. As categorias propostas por Linnaeus foram: reino, classe, ordem, gênero e espécie. Às vezes, uma criatura recém-descoberta pode não se encaixar direito em uma categoria específica, mas, pelo menos, esse sistema nos confere um ponto de partida bastante útil!

Embora a fada azul-celeste tenha asas similares às dos insetos, é plausível que ela seja um tipo de mamífero.

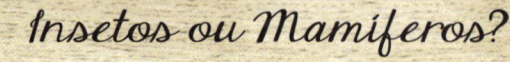

Insetos ou Mamíferos?

A princípio, pode parecer difícil classificar as fadas em um grupo animal existente. Elas possuem asas e botam ovos, o que poderia sugerir que são insetos. No entanto, o corpo delas é muito similar ao dos seres humanos, o que poderia indicar que elas são, de fato, um tipo de mamífero (criaturas de sangue quente, dotadas de espinha dorsal, que produzem leite para alimentar seus filhotes). Após muita pesquisa, proponho que as fadas se encaixariam naturalmente nessa categoria: elas são mamíferas.

O Enigma do Ornitorrinco

Alguns poderiam argumentar que a dificuldade em classificar as fadas se deve ao fato de que elas simplesmente não existem. Mas como estão errados! Consideremos o ornitorrinco. Quando esta criatura foi enviada da Austrália para a Europa pela primeira vez, no final da década de 1790, muitos cientistas se recusaram a acreditar que ela fosse real. Uma criatura peluda com corpo de lontra, cauda de castor, pés e bico de pato, que bota ovos como uma cobra? Impossível! Seria ela um mamífero, um pássaro ou um réptil? Só porque o ornitorrinco é difícil de categorizar não significa que não seja real. E o mesmo argumento vale para as fadas!

CLASSIFICAÇÃO: MAMÍFERO

Corpo peludo similar ao de uma lontra

Cauda semelhante à de um castor

Bico e patas palmadas como as de um pato

As fêmeas botam ovos como as cobras, mas produzem leite para alimentar os filhotes

Classificação da Fada da Campina

Quando os cientistas "classificam" uma criatura, eles a separam em um grupo específico. Começamos com o maior dos grupos, chamado de "reino", e continuamos separando em outros menores até que reste somente a "espécie". O quadro a seguir ilustra as minhas teorias sobre o lugar das fadas no reino animal. Por exemplo, como a FADA DA CAMPINA se classifica em relação às outras criaturas.

REINO:
Animal

Este grupo inclui todos os animais existentes em nosso planeta, dos mamíferos e répteis aos pássaros, peixes e insetos.

FILO:
Cordados

Este grupo contém todos os animais dotados de coluna vertebral, também conhecidos como "vertebrados".

CLASSE:
Mamíferos

Mamíferos são vertebrados que produzem leite para alimentar seus filhotes.

ORDEM:
Belo Povo

Este grupo engloba todos os mamíferos de pequena estatura que botam ovos (incluindo as fadas e seus parentes desprovidos de asas, como os elfos).

FAMÍLIA:
Fada

Esta família inclui todas as fadas aladas de vários habitats, incluindo as fadas marinhas.

GÊNERO:
Ninfa

Este grupo inclui todas as fadas aladas e não aquáticas.

ESPÉCIE:
Fada da Campina

Por fim, estreitamos nosso foco para uma espécie: a fada da campina, cujo nome científico é *Nympha pratorum*.

A ANATOMIA DAS FADAS

Fadas são criaturas pequenas; a maior delas mede apenas alguns centímetros de altura. Na aparência, são muito similares a crianças humanas em miniatura, com uma notável diferença: elas possuem asas. Todas as fadas têm asas, que se apresentam de forma bastante variada entre as espécies. Elas podem parecer asas de borboleta, de libélula ou mesmo de abelhas. Essa variação é a principal característica que nos ajuda a identificar suas diferentes espécies.

ESTRUTURA DO ESQUELETO

O esqueleto de uma fada se assemelha bastante ao de uma criança humana, porém, é muito, muito menor.

FÚRCULA DAS FADAS

Outra diferença entre o esqueleto humano e o das fadas é que, enquanto o dos humanos possui dois ossos separados que se ligam ao esterno, chamados de clavículas, as fadas têm um único osso fundido, semelhante ao que ocorre com os pássaros. Esse osso é chamado de fúrcula e ajuda a fortalecer o esqueleto das fadas, permitindo que elas consigam voar.

A fada azul-celeste tem esse nome em razão de suas asas, que são bastante parecidas às da borboleta-azul-celeste.

Todas as fadas possuem quatro asas (duas de cada lado). Uma família próxima a essas pequeninas criaturas, conhecida como elfos, é desprovida de asas; porém, em muitos outros aspectos, é similar às fadas em aparência.

Fadas terrestres possuem dedos dos pés separados, como os humanos. No entanto, muitas espécies de fadas aquáticas têm dedos palmados.

A FADA AZUL-CELESTE
(Nympha caerula)

Todas as fadas e elfos têm orelhas pontudas.

A grande área de superfície das asas significa que as fadas conseguem desempenhar manobras aéreas complicadas, girando e disparando conforme voam.

Escamas iridescentes nas asas refletem a luz e as fazem tremeluzir.

OSSOS COMO OS DOS PÁSSAROS

Os ossos de uma fada são muito mais leves do que os de um ser humano, o que permite que elas voem. Assim como os ossos dos pássaros, os ossos das fadas são ocos e preenchidos por uma substância similar ao favo de mel, com muitos bolsões de ar. Isso significa que as fadas não são muito pesadas e, assim, podem decolar com facilidade.

Osso humano

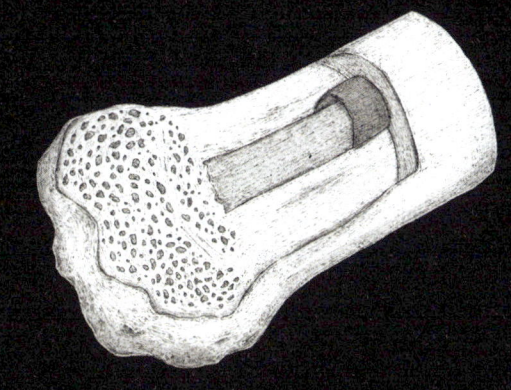

Osso de fada

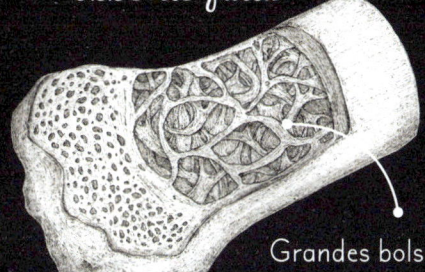

Grandes bolsões de ar

Músculos de Voo

Fadas possuem diversos e pequenos músculos que as ajudam a movimentar as asas. Além de poderosos músculos peitorais, elas têm um conjunto extra de músculos que descem pelo meio das costas e visam facilitar o voo.

O VOO DAS FADAS

Trajetória do Voo

A trajetória do voo de uma fada costuma seguir um padrão trêmulo e espasmódico, semelhante ao de uma borboleta. Uma possível razão para isso é que esse padrão de voo é difícil de prever pelos predadores, permitindo à fada evitar a captura e permanecer segura.

ASAS DE FADA

As asas da maioria das fadas são cobertas por milhares de pequenas escamas. Em conjunto, elas refletem a luz e produzem cores belas e tremeluzentes.

A. FADA CAUDA-DE-ANDORINHA
(Nympha papilio)

B. FADA PAVÃO
(Nympha lavandula)

F. FADA ORVALHO
(Nympha aquarius)

G. FADA DA FLORESTA TROPICAL
(Nympha amazonia)

C. FADA MALAQUITA
(*Nympha viridi*)

D. FADA CACTO
(*Nympha sonora*)

E. BELA DA PURIFICAÇÃO
(*Nympha galanthus*)

H. FADA BÉTULA
(*Nympha betula*)

I. NINFA DO RIO
(*Nympha fluminis*)

J. FADA RAINHA
(*Nympha regina*)

O CICLO DA VIDA DAS FADAS

A despeito dos contos de fada, as fadas não são metamorfas e não se transformam de uma criatura em outra. Mas, após muitos estudos cuidadosos, posso confirmar que elas de fato passam por diversas mudanças surpreendentes conforme crescem.

Esse processo de mudança é chamado de "metamorfose". Em todos os meus anos de pesquisa, não consegui descobrir por quanto tempo as fadas vivem. Segundo as lendas, elas vivem para sempre…

1.
Ovo de Fada

Uma fada bota um ou dois ovos sobre uma folha ou galho. Os ovos podem variar de espécie para espécie, mas costumam ser cobertos por belos padrões. Esses padrões ajudam a identificar a diferença entre os ovos das fadas e os das borboletas, que são similares em tamanho e formato.

2.
Flutuarta

Depois de algumas semanas, uma flutuarta de fada eclode do ovo. Essa pequena criatura é cuidada pelos pais, que costumam carregá-la em um canguru ou *sling* enquanto voam. A mãe alimenta a recém-nascida com leite.

FADA ROSA-AMARELA: QUATRO ESTÁGIOS DE DESENVOLVIMENTO

3.
Casulo

Após vários meses, a flutuarta está pronta para ter asas. Os pais fazem um casulo de folhas, pétalas ou seda de teias de aranhas. Dentro do casulo, a flutuarta sofre uma metamorfose. Duas semanas depois, o casulo se rompe e dele emerge uma fada alada em miniatura, chamada de nininha.

4.
Nininha

Mesmo alada, ainda é extremamente frágil e precisa da proteção dos adultos. Ela alcança a maturidade em torno dos 3 anos de idade.

DRÍADE (*Nympha quercus*)
A dríade, que vive em meio a bosques e florestas, costuma depositar seus ovos em uma folha de carvalho.

SPRITE DO RIO
(*Nympha fluminis*)
Você pode identificar os ovos da ninfa do rio nas folhas de uma árvore ribeirinha, como o amieiro.

FADA WICKLOW
(*Nympha sidhe*)
A fada irlandesa deposita seus ovos entre as samambaias e urzes das montanhas Wicklow.

FADA CAUDA-DE-ANDORINHA
(*Nympha papilio*)
A fada cauda-de-andorinha costuma depositar seus ovos em folhas de salsinha ou entre outras ervas.

IDENTIFICAÇÃO DO OVO

A flutuarta da **DRÍADE** tem uma cauda esverdeada, o que lhe permite se camuflar entre folhagens de carvalho.

A flutuarta da **SPRITE DO RIO** possui uma barbatana na cauda, presumivelmente para ajudá-la a nadar de volta para a margem, caso caia na água de um galho estendido demais.

Cuidado ao caminhar entre as urzes: você pode pisar na pequenina flutuarta da **FADA WICKLOW**, enfeitada com verdes e roxos.

É fácil confundir a cauda manchada da flutuarta **CAUDA-DE-ANDORINHA** com um dejeto de pássaro! Isso permite que ela se disfarce para não ser atacada pelas famintas aves de rapina.

IDENTIFICAÇÃO DAS FLUTUARTAS

Um casal de fadas **DRÍADE** constrói um casulo para a sua bebezinha, envolvendo-a em um cobertor de folhas verdes.

A **SPRITE DO RIO** pendura seu casulo disfarçado de amento em um galho de salgueiro-chorão.

A aparência espinhenta do casulo da **FADA WICKLOW** ajuda a camuflá-la entre os arbustos.

Envolto em folhas mortas, o casulo da fada **CAUDA-DE-ANDORINHA** é pendurado a um galho por um fio tecido com finíssimas fibras da seda de teias de aranha. O casulo parece um graveto e permanece escondido até a nininha estar pronta para emergir.

IDENTIFICAÇÃO DOS CASULOS

O aspecto da **FADA AVELÃ** se confunde com o de uma folha. Seu disfarce permite que ela "desapareça" por entre os galhos da castanheira.

Padrões Audaciosos

A fada da savana, que vive nas pradarias da África, ostenta padrões audaciosos em suas asas e vestes. Essas regiões de luz e sombra podem ser confusas para a visão, resultando em uma silhueta da fada bastante difícil de distinguir. Esse tipo de camuflagem ajuda a fada a se misturar na savana, assim como acontece com os guepardos.

CAMUFLAGEM INTELIGENTE

Contrariando a crença popular, as fadas não conseguem se tornar invisíveis. No entanto, elas possuem a habilidade de ficar praticamente imperceptíveis! Não por magia, mas valendo-se da camuflagem. Tal como muitas outras criaturas, as fadas são mestras do disfarce e usam todos os tipos de métodos inteligentes para se misturar às folhas e às flores. Obviamente, é por esse motivo que as fadas raramente são vistas pelos humanos, a menos que queiram.

Guarda-Roupa da Natureza

Para se manterem longe da visão de aves de rapina, seres humanos e outras criaturas perigosas, a maioria das fadas se mistura ao seu habitat. O formato, o padrão e a cor das asas das fadas costumam simular os de folhas ou flores, facilitando se esconderem. Para completar o disfarce, as fadas também confeccionam para si roupas feitas de folhas, pétalas e penas.

Tudo Muda!

Algumas fadas, como a fada macieira, dormem durante os meses do inverno. Isso é chamado de hibernação e ajuda a permanecerem escondidas quando as árvores estão sem folhas. Outras fadas podem alterar a aparência para se mesclarem ao ambiente que as circunda, dependendo da estação. Por exemplo, as fadas flores-de-maio, que vivem em pilriteiros, vestem trajes feitos de flores brancas na primavera para combinar com as flores da árvore. No outono, elas mudam de roupa para se disfarçar entre os frutos vermelhos dela.

FADA FLOR-DE-MAIO
no outono.

As roupas e asas da **DRÍADE** se assemelham a folhas de carvalho. No outono e no inverno, a fada usa um chapéu feito de casca de bolota para se manter aquecida.

FADA FLOR-DE-MAIO
na primavera.

Agora Você me Vê...

As fadas dos juncos vivem em pântanos e áreas alagadas. Elas costumam vestir roupas listradas para se esconder entre os altos juncos e têm um relacionamento próximo com um tipo de pássaro chamado abetouro. Esse pássaro possui listras bege e marrons, o que permite que tanto sua aparência quanto a da fada se tornem indistintas no ambiente.

Companheiras de Viagem

Não são apenas as roupas elaboradas e as asas coloridas que ajudam as fadas a se manterem escondidas. Seus movimentos também permitem que elas se misturem ao entorno. Algumas fadas conseguem imitar o movimento das pétalas de uma flor primaveril, balançando ao sabor de uma brisa suave, ou das folhas de outono, rodopiando em uma rajada de vento. Com frequência, fadas viajam com um grupo de borboletas. De longe, elas são muito semelhantes, o que ajuda as fadas a se camuflarem. Da próxima vez que você avistar uma nuvem de borboletas amarelas passeando, observe com atenção para se certificar de que uma fada da campina não esteja se escondendo entre elas!

FADAS DO MUNDO

As fadas não vivem apenas em frondosas clareiras e jardins. Se você for paciente e examinar com cuidado, poderá encontrá-las em alguns lugares bastante inesperados. Na verdade, as fadas vivem por todo o planeta: tanto nas selvas tropicais quanto nos polos congelados; tanto nos desertos sufocantes quanto nas montanhas mais altas. Abaixo, você descobrirá onde vivem algumas das espécies mais comuns de fadas. Esses habitats serão discutidos com mais detalhes nas páginas seguintes.

EUROPA

Fada Azul-Celeste (Reino Unido)

Fada Avelã (Irlanda)

Tunder da Montanha (Cordilheira de Cárpatos)

Sprite Alpina (Alpes Montanhosos)

AMÉRICA DO NORTE

Fada Geada (Groenlândia)

Fada da Tundra (Norte do Canadá)

Sprite Jogah (Estados Unidos)

Fada Cacto (México)

AMÉRICA DO SUL

Ninfa da Floresta Tropical (Floresta Amazônica)

Fada Malaquita (Floresta Amazônica)

ÁFRICA

Fada Orvalho (Deserto do Saara)

Fada da Savana (Sul da África)

Lírio Saltador (África Subsaariana)

Ninfa da Lua (Madagascar)

ÁSIA

Ninfa Estepe (Rússia/Mongólia)

Fada Ylang-Ylang (Índia)

Oréade do Himalaia
(Montanhas do Himalaia)

Sprite Vaga-lume (China)

Fada Flor de Cerejeira
(Japão)

AUSTRALÁSIA

Fada Rainha (Nova Guiné)

Fada Montanha-Azul
(Montanhas Azuis da Austrália)

ANTÁRTIDA

Fada Pinguim (Antártida)

Viajante Polar (Antártida/Ártico)

HABITATS DAS FADAS

Diferentes espécies de fadas vivem em diferentes habitats, e cada uma delas se desenvolveu — ou evoluiu — para se adaptar perfeitamente a esses locais. Por exemplo, os pés palmados da ninfa do rio a deixam à vontade em seu mundo aquático; as asas lustrosas da fada orvalho ajudam a manter sua temperatura fria no deserto; e a camada de gordura da fada geada permite que ela sobreviva em condições de temperatura congelantes. Para compreender as diversas espécies de fadas, é fundamental primeiro se familiarizar com os seus variados habitats.

Lares Humanos

Não importa em qual tipo de casa que você viva, é possível que esteja compartilhando-o com uma família de fadas, sem nem se dar conta disso! Nossas casas costumam ser lugares quentes e secos, ideais para as fadas se abrigarem, enquanto os restos de nossos alimentos fornecem bastante comida para elas.

Jardins

As fadas quase nunca são vistas pelos humanos, mas, quando isso acontece, geralmente é no jardim que as percebemos, muitas vezes em um canteiro de flores ou em uma horta. Jardins são lugares perfeitos para avistarmos fadas.

Bosques

Bosques temperados crescem onde o clima é ameno, a chuva é abundante e as quatro estações são distintas. No outono, as árvores perdem as folhas, criando um tapete de vegetação morta que fornece esconderijo para algumas fadas. Outras fadas de bosques vivem em troncos ocos de árvores ou em ninhos de pássaros abandonados.

Campinas e Pradarias

Das campinas de flores silvestres das Ilhas Britânicas às pastagens ondulantes das planícies americanas, ou mesmo aos abrangentes estepes da Rússia, as pradarias são habitats ideais para as fadas. Ali, elas ficam bem camufladas ao se esconderem na vegetação rasteira.

Montanhas e Colinas

Viver nas montanhas é difícil. Os desafios incluem temperaturas penosas, ventos fortes, vegetação esparsa e baixos níveis de oxigênio. No entanto, algumas espécies de fadas estão bem adaptadas à vida nas montanhas e conseguem sobreviver, a despeito dessas rigorosas condições ambientais.

Rios, Lagos e Pântanos

Os habitats de água doce em todo o mundo são rios, riachos, lagos, lagoas, brejos e pântanos. Eles servem de lar para uma ampla gama de vida selvagem, inclusive para as fadas! A maioria das fadas desses habitats possui pés palmados, que as ajudam a remar na água.

Oceanos e Região Costeira

Cobrindo cerca de dois terços da superfície terrestre, os oceanos abrigam uma enorme variedade de habitats. Eles servem de lar para milhões de criaturas, incluindo fadas oceânicas. Essas mamíferas aquáticas são excelentes nadadoras, mas, assim como as baleias, precisam ir à superfície para respirar.

Selvas

Nas áreas tropicais próximas à linha do Equador, o clima quente e úmido cria condições ideais para a existência das florestas tropicais. Em meio às árvores de altíssimo porte e aos abundantes insetos e pássaros, vivem vários tipos de fadas.

Desertos

Você jamais imaginaria que esses lugares escaldantes serviriam de abrigo para muitas criaturas, mas a vida sempre encontra um jeito de prosperar. Muitas fadas do deserto têm asas lustrosas para refletir a luz do sol, orelhas grandes para manter uma baixa temperatura corporal e cílios longos e grossos para evitar que os grãos de areia as machuquem.

Polos

Embora as temperaturas congelantes e os frequentes vendavais nos polos sejam desafiadores, as fadas que lá habitam estão à altura do seu entorno. Uma grossa camada de gordura as mantém aquecidas, enquanto seus dedos alargados as impedem de afundar na neve.

FADAS DA CAMPINA E DO JARDIM

Repletos de flores perfumadas e esconderijos frondosos, jardins e campinas são como áreas de lazer para as fadas. A maioria delas prefere os canteiros de flores e cantinhos onde a vegetação é um pouco mais selvagem. As fadas de jardim são as que costumam ser mais vistas pelos humanos, em especial pelas crianças, que às vezes se deparam com elas enquanto brincam ao ar livre.

As **FADAS ROSEIRAL** passam a primavera e o verão cuidando das rosas, removendo as folhas doentes e mantendo as pragas bem longe. Quando chega o outono, elas se acomodam em um banquete de nutritivos frutos de rosa antes de se recolherem e hibernarem nos meses de inverno.

Fada Roseiral
(Nympha rosa)

HABITAT: Jardins.

LAR: Vasos de flor vazios.

CARACTERÍSTICAS: Roupas delicadas feitas de pétalas de rosa, chapéu feito de frutos da mesma flor.

COMPORTAMENTO: No inverno, a fada roseiral hiberna, às vezes, em um canto silencioso de uma estufa ou debaixo de uma cabana de jardinagem.

Em muitos jardins, as fadas desempenham trabalhos importantes, tais como polinizar plantas ou espalhar sementes.

A **FADA PAVÃO** é uma das fadas mais comumente vistas. Com frequência, são encontradas zumbindo ao lado de abelhas, ao redor de fragrantes arbustos de lavanda. Eu encontrei uma fada dessa espécie em meu próprio jardim, e elas aparentam quase não ter medo de humanos. São quase insolentes!

Fada Pavão
(Nympha lavandula)

HABITAT: Em qualquer lugar onde houver lavandas.

LAR: Fendas em um jardim pedregoso ou tocas em um solo arenoso.

CARACTERÍSTICAS: Grandes ocelos nas asas, similares aos da borboleta-pavão. Eles se parecem com os olhos de uma coruja, o que ajuda a afugentar aves de rapina.

COMPORTAMENTO: As fadas pavão parecem ter um relacionamento próximo com as abelhas; por vezes, ajudando-as a coletar pólen e néctar.

Fada Madressilva
(Nympha tubi)

HABITAT: Às margens de caminhos e sebes, assim como em jardins.

LAR: Ninhos abandonados de pássaros ou sacos de dormir feitos de folhas.

CARACTERÍSTICAS: Dedos verdes; asas listradas de rosa.

COMPORTAMENTO: Fadas madressilva amam beber pequenas gotas do doce néctar das flores tubulares de madressilva, usando canudinhos de grama. Essas tímidas fadas têm um relacionamento especial com os arganazes castanhos. Certa vez, tive a sorte de ver uma delas ajudando um arganaz a construir seu ninho, usando pedacinhos de galho de madressilva.

As **FADAS MADRESSILVA** passam o dia cuidando das plantas. Seus dedos são verdes. Talvez isso tenha servido de inspiração para adotarmos a expressão "dedos verdes" para nos referirmos aos jardineiros humanos!

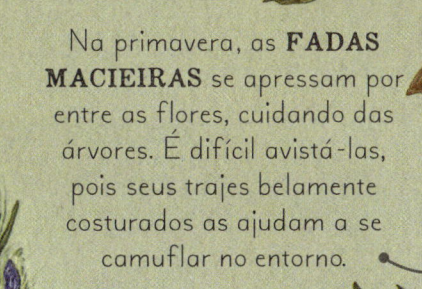

Na primavera, as **FADAS MACIEIRAS** se apressam por entre as flores, cuidando das árvores. É difícil avistá-las, pois seus trajes belamente costurados as ajudam a se camuflar no entorno.

Fada Macieira
(Nympha pomorum)

HABITAT: Orquidários e jardins.

CARACTERÍSTICAS: Vestem roupas feitas de flores de macieira para se camuflar.

LAR: Buracos no tronco das árvores.

COMPORTAMENTO: Essas fadas cuidam das macieiras e de suas frutas. No inverno, hibernam, permanecendo escondidas quando a árvore está desfolhada.

Fada Pimenteira
(Nympha dormiens)

HABITAT: Campinas e jardins de flores selvagens.

LAR: Dorme dentro da flor de papoula, que à noite se fecha.

CARACTERÍSTICAS: Asas iguais às das abelhas.

COMPORTAMENTO: No verão, a fada pimenteira chacoalha suavemente o caule das papoulas para salpicar as sementes para fora das cápsulas. Essas cápsulas são conhecidas como potes de pimenta, que é de onde a fada obtém seu nome.

Sonolentas e vagarosas, as **FADAS PIMENTEIRAS** são as mais preguiçosas do mundo das fadas. Talvez isso ocorra porque elas se alimentam de sementes de papoula, que causam sonolência. Essas fadas se movem com muita lentidão, o que ajuda a não serem vistas por aves de rapina.

UM ANO NA VIDA DA FADA MACIEIRA

Primavera

Na primavera, nascem as folhas das macieiras, e elas começam a vicejar. É uma época de muito trabalho para as fadas macieiras, que ajudam a carregar o pólen de uma flor a outra, estimulando o crescimento das frutas. Elas auxiliam a proteger as maçãs das geadas tardias, envolvendo-as em seda de aranha.

Verão

No verão, as maçãs crescem e amadurecem, sendo cuidadas pelas fadas. Elas asseguram que as árvores tenham água suficiente para inchar suas maçãs e mantêm afastadas as mariposas-das-maçãs, pragas que depositam ovos nas frutas jovens, causando vermes.

Outono

Chegado o outono, as frutas caem no chão, liberando sementes. Fadas macieiras se banqueteiam com as frutas, fortalecendo-se para o inverno. Elas também ajudam a espalhar e a regar as sementes, para que novas árvores possam crescer, garantindo mais alimentação e moradia para as fadas.

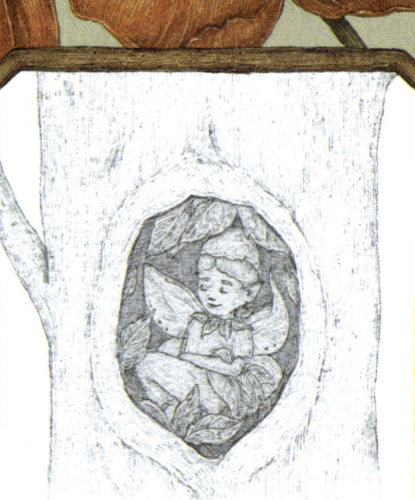

Inverno

Ao final do outono, as folhas mudam de cor e caem no chão, deixando as árvores desfolhadas. Durante o inverno, tanto as macieiras quantas as fadas hibernam até a chegada da próxima primavera.

MAIS FADAS DA CAMPINA E DO JARDIM

Sebes e campinas de flores silvestres são lares perfeitos para fadas, que prosperam em meio à grama alta e aos refúgios frondosos e ensombrados. Atualmente, algumas sebes antigas estão sendo arrancadas para dar espaço às plantações e à passagem de tratores. É imprescindível protegermos esses habitats naturais, lares de insetos, pássaros, morcegos, ratos-do-campo, e, é claro, das fadas.

Fada Bolinha de Poeira
(Nympha minima)

HABITAT: Campinas e jardins.

LAR: Debaixo das folhas de dentes-de-leão.

CARACTERÍSTICAS: Essa pequenina fada é do tamanho de uma unha e possui asas translúcidas.

COMPORTAMENTO: Depois que um dente-de-leão viceja, uma fada bolinha de poeira voa com as sementes conforme elas viajam pela brisa, guiando-as até um novo lar.

Fada Cauda-de-Andorinha
(Nympha papilio)

HABITAT: Campinas e sebes.

CARACTERÍSTICAS: Asas similares às da borboleta-cauda-de-andorinha.

LAR: Ninhos abandonados de pássaros, em uma sebe.

COMPORTAMENTO: Muito sociável, a fada cauda-de-andorinha pode ser vista zumbindo sobre as campinas no verão e repousando em flores de centáurea e cicuta.

A **FADA BOLINHA DE POEIRA** é a menor de todas as espécies que descobri até agora. Ela costuma ser confundida com uma semente de dente-de-leão, flutuando em seu paraquedas felpudo.

A **FADA CAUDA-DE-ANDORINHA** recebe esse nome em virtude de suas asas, muito parecidas à cauda pontuda das andorinhas. Isso distrai predadores, direcionando a atenção deles para partes menos importantes de seu corpo.

O tomilho selvagem, também conhecido como tomilho élfico, é uma erva de fragrância agradável que cresce em um tapete espesso. É o abrigo perfeito para essas fadas que habitam o solo.

Fada Tomilho Selvagem
(Nympha titania)

HABITAT: Pastagens calcárias, campinas margens gramadas.

LAR: Entre os grossos caules que brotam tomilho selvagem.

CARACTERÍSTICAS: Asas roxas, coroa de pétalas roxas.

COMPORTAMENTO: Para proteger seus lares frondosos, essas pequenas e ocupadas fadas desencorajam gentilmente as ovelhas e os coelhos de beliscar o tomilho selvagem, fazendo cócegas no nariz deles!

Fada Flor-de-Maio
(Nympha maie)

HABITAT: Campinas e sebes.

LAR: Ninhos feitos de folhas, gravetos e lã.

CARACTERÍSTICAS: Roupas feitas de flores e folhas do pilriteira.

COMPORTAMENTO: Notei que muitas fadas flor-de-maio têm um relacionamento especial com os porcos-espinhos. Elas costumam alimentá-los, ajudam a cuidar dos filhotes e removem pulgas entre seus espinhos pontudos.

Fada da Campina
(Nympha pratorum)

HABITAT: Campinas de flores selvagens e pastagens.

LAR: Com frequência, compartilha tocas com os ratos-do-campo.

CARACTERÍSTICAS: Asas amarelas brilhantes que se misturam às flores.

COMPORTAMENTO: A fada da campina se alimenta de sementes e pequenos frutos, que são divididos com os ratos-do-campo, seus colegas de ninho, em troca de abrigo.

Mantenha os olhos bem abertos ao caminhar em uma campina de flores silvestres: se tiver sorte, poderá avistar uma **FADA DA CAMPINA** rodopiando entre as borboletas.

As **FADAS FLOR-DE-MAIO** gostam de se alimentar dos frutos do pilriteiro, assim como dos tenros brotos da planta, conhecidos por muitas crianças do campo como "pão e queijo".

Cri, cri!

Pode ser que você já tenha ouvido uma fada da campina sem perceber. O que soa como os trinados dos grilos às vezes é o chamado da fada da campina macho. Para atrair a atenção de uma fêmea, o macho emite um chamado alto, esfregando as asas uma na outra. Ele possui dentes especiais, similares a escovas, que se roçam para fazer o som do trinado.

Dentes similares a escovas

FADAS DO BOSQUE

Da próxima vez que você estiver em um bosque, pare por um momento, feche os olhos e escute. Conforme perceber as folhas farfalhando ao vento e os pássaros gorjeando uns para os outros, você poderá ter a sorte de também ouvir a voz suave das fadas. Os bosques são lares perfeitos para as fadas, que se abrigam entre os galhos ou no solo frondoso da floresta.

Nomeada em razão de seu relacionamento próximo com os pica-paus, a **FADA PICA-PAU** frequentemente é vista cavalgando nas costas desse engenhoso pássaro.

Fada Pica-Pau
(Nympha picidae)

HABITAT: Bosques e florestas.

LAR: Troncos escavados em árvores por um prestativo pica-pau.

CARACTERÍSTICAS: Comparada a muitas outras espécies, a fada pica-pau possui asas excepcionalmente pequenas. Em vez de voar, ela pega carona nas costas de um pica-pau.

COMPORTAMENTO: As fadas pica-pau defendem os ninhos cinzelados na ausência dos pica-paus, quando eles saem em busca de comida. Os buracos feitos em troncos de árvores são comuns entre andorinhas e estorninhos, portanto, contar com uma amiga fada é de grande utilidade.

Jacintos-silvestres sempre tiveram um lugar especial no folclore das Ilhas Britânicas. Há um pinguinho de verdade nessas velhas narrativas: se você se esforçar na busca, realmente poderá encontrar fadas morando nos bosques dessa planta.

Fada Azul-Celeste
(Nympha caerula)

HABITAT: Bosques das Ilhas Britânicas.

LAR: Geralmente, em tocas subterrâneas.

CARACTERÍSTCAS: As asas são notavelmente similares às da borboleta-azul-celeste, o que confere à fada excelente camuflagem entre os jacintos-silvestres, onde elas passam grande parte do tempo.

COMPORTAMENTO: Sociáveis, elas são mais ativas no final da primavera, quando belos jacintos-silvestres acarpetam o solo, criando um paraíso para elas. No inverno, elas hibernam em covis subterrâneos de texugos ou em tocas de coelhos.

Esta fada resistente costuma ser vista no final do inverno e início da primavera, rodopiando ao redor de amontoados de fura-neve. Os bulbos dessas flores foram trazidos para a Grã-Bretanha por soldados que voltaram da Guerra da Crimeia (no Leste europeu) na década de 1850. Acho que essas fadas vieram clandestinamente escondidas nos bulbos!

Bela da Purificação
(Nympha galanthus)

HABITAT: Bosques úmidos europeus.

LAR: Com frequência, em tocos de árvores escavadas.

CARACTERÍSTICAS: A bela da purificação possui asas finas feitas de um material muito forte e flexível que parece ter propriedades termais.

COMPORTAMENTO: As belas da purificação não hibernam, mas, em temperaturas congelantes, enrolam as asas em torno de si para formar um casulo quentinha.

Quebrar uma avelã é uma tarefa complicada para uma pequenina fada, e é necessário trabalhar em equipe. Pares de fadas costumam deixar as nozes caírem de galhos altos em rochas grandes e achatadas, para que elas se quebrem e se abram. Às vezes, são necessárias diversas tentativas, mas a recompensa vale a pena!

Até agora, observei as travessas **FADAS AVELÃ** apenas em algumas localidades da Irlanda. Na primavera, elas podem ser vistas fazendo cócegas umas nas outras com os amentos amarelos da aveleira!

Fada Avelã
(Nympha áineae)

HABITAT: Bosques irlandeses.

LAR: Na maior parte do ano, a fada avelã dorme sob um cogumelo leitoso avermelhado no solo da floresta; no inverno, ela hiberna dentro dos caules abertos da aveleira.

CARACTERÍSTICAS: Asas muito semelhantes a folhas, o que permite que a fada avelã se integre ao habitat.

COMPORTAMENTO: No outono, a fada avelã reúne uma grande quantidade de avelãs para conseguir atravessar o inverno. Ela defende seu estoque com ferocidade contra esquilos, chapins-reais e pica-paus.

A **DRÍADE** costuma construir seu lar entre frondosos galhos de carvalho. Algumas árvores desse tipo são quase como vilas de fadas, fornecendo comida e moradia para centenas de dríades.

Dríade
(Nympha quercus)

HABITAT: Bosques da Europa e da América do Norte.

LAR: De modo geral, em áreas escavadas nos troncos dos carvalhos.

CARACTERÍSTICAS: As asas e vestimentas imitam folhas de carvalho; os chapéus são feitos de casca de bolotas.

COMPORTAMENTO: Dríades se relacionam mal com esquilos cinzentos, competindo com eles por bolotas e buracos para os seus ninhos. Em razão disso, elas evitam árvores onde moram esquilos.

MAIS FADAS DO BOSQUE

Pulmões do planeta, as árvores são vitais para a nossa sobrevivência. Enraizadas na terra e estendendo-se bem alto nos céus, elas nos fornecem oxigênio, madeira e remédios, além de servirem de lar para incontáveis criaturas no mundo inteiro, incluindo as fadas!

A **FADA BÉTULA** tem hábitos noturnos. Cochila durante o dia e sai à noite em busca de nozes, sementes e pequenos frutos para se alimentar.

Fada Bétula
(Nympha betula)

HABITAT: Bosques europeus, em particular os da Checoslováquia.

LAR: Ninhos em dobras do tronco de bétulas.

CARACTERÍSTICAS: Suas asas são finas e translúcidas, quase como o vidro.

COMPORTAMENTO: No crepúsculo, essas fadas brincalhonas podem ser vistas se balançando nos gravetos maleáveis de uma bétula. Elas protegem suas árvores removendo os pulgões, pequenos insetos que sugam a seiva das folhas, fazendo-as entortarem e amarelarem.

Fada Sorveira-Brava
(Nympha sorbus)

HABITAT: Florestas e bosques.

LAR: Ninhos de folhas e gravetos no solo da floresta.

CARACTERÍSTICAS: Na primavera e no verão, vestem trajes verdes e brancos, misturando-se às flores da sorveira--brava. No outono, suas roupas mudam para combinar com os frutos vermelhos da árvore.

COMPORTAMENTO: Após se alimentarem dos frutos da sorveira-brava, as fadas ajudam a espalhar as sementes, para que novas árvores cresçam.

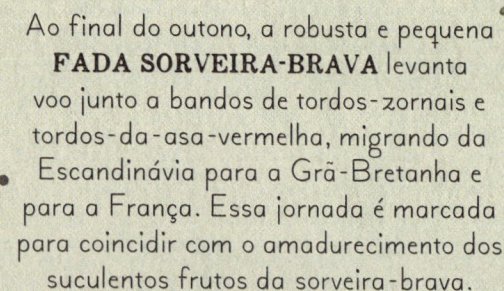

Ao final do outono, a robusta e pequena **FADA SORVEIRA-BRAVA** levanta voo junto a bandos de tordos-zornais e tordos-da-asa-vermelha, migrando da Escandinávia para a Grã-Bretanha e para a França. Essa jornada é marcada para coincidir com o amadurecimento dos suculentos frutos da sorveira-brava.

As fadas vivem em todos os tipos de moradias, desde ninhos tecidos a buracos abertos em árvores e tocas escavadas debaixo da terra.

Lar Frondoso

Como o pássaro-alfaiate, algumas fadas costuram folhas para construir suas casas.

Ninhos Arrumados

Muitas fadas confeccionam ninhos no topo das árvores usando pauzinhos, gravetos e grama.

Quente e Lanoso

Algumas fadas coletam penas descartadas ou lã das ovelhas para fazer seus ninhos.

Casa na Árvore

Troncos de árvores são lares ideais para as fadas, embora às vezes elas encontrem competição ferrenha por esses locais, tanto de pássaros como de esquilos-cinzentos.

Loca Subterrânea

Algumas espécies constroem suas próprias tocas. Outras se mudam para tocas abandonadas ou dividem o espaço com coelhos e ratos-do-campo.

A flutuarta da sprite vaga-lume possui uma cauda brilhante, como a do pirilampo.

Sprite Vaga-Lume
(Nympha scintilla)

HABITAT: Florestas de bambu na China.

LAR: Com frequência, ninhos feitos de folhas de bambu ou tocas abandonadas de rato-do-bambu.

CARACTERÍSTICAS: Asas brilhantes; olhos extragrandes.

COMPORTAMENTO: A sprite vaga-lume tem hábitos noturnos. Em certas noites de verão, centenas dessas pequenas fadas correm e piscam entre os bambuzais farfalhantes.

As asas da sprite vaga-lume contêm dezenas de pequeninos órgãos emissores de luz.

Esta notável fada asiática tem uma habilidade impressionante: ela brilha no escuro! A **SPRITE VAGA-LUME** é bioluminescente, o que significa que partes de seu corpo se iluminam. Presume-se que essas fadas usam essa luz como uma forma de defesa para espantar predadores, porém, pode ser apenas uma particularidade que lhes permite enxergar no escuro!

Os grandes olhos da sprite vaga-lume a ajudam a enxergar na escuridão.

FADAS DA MONTANHA E DA COLINA

De seus picos cobertos de neve a seus sopés densamente arborizados, as montanhas servem de lar para alguns tipos notáveis de fadas. Muitas espécies de fadas da montanha se adaptaram para viver exclusivamente nesses ambientes.

Esta fada das colinas irlandesas vive apenas nos ondulantes planaltos das montanhas Wicklow. Para um olhar destreinado, muitas vezes ela é confundida com uma borboleta fritilária, cujas marcas nas asas são notavelmente parecidas.

A tunder, que significa "fada" em húngaro, vive na região montanhosa dos Cárpatos, no centro e no leste europeus.

Tunder da Montanha
(Nympha hungaria)

HABITAT: Encostas arborizadas das montanhas.

LAR: Ninhos construídos pelas fadas ou abandonados por algum pássaro.

CARACTERÍSTICAS: Asas tremeluzentes, que parecem feitas de vidro, ajudam a refletir a forte luz do sol da montanha, reduzindo, assim, a temperatura corporal da fada.

COMPORTAMENTO: A tunder da montanha tem um relacionamento próximo com o arganaz, que, com frequência, permite que a fada compartilhe seu lar. Em troca, ela mantém vigília contra linces, martas e gatos selvagens.

Fada Wicklow
(Nympha sidhe)

HABITAT: As montanhas Wicklow.

LAR: Cavidades e reentrâncias em amontoados de pedras.

CARACTERÍSTICAS: Asas manchadas de preto e laranja ajudam a fada a se misturar entre as samambaias da encosta.

COMPORTAMENTO: As fadas Wicklow coletam sementes e frutos de muitas plantas diferentes para se alimentar. No entanto, quando o verão chega, elas se mantêm bem longe dos tojos. Esses arbustos possuem vagens de sementes que explodem, o que pode ser um risco extremo à saúde!

Como muitas fadas da montanha, a **SPRITE ALPINA** tem asas bastante grandes. Isso significa que ela consegue planar sobre correntes de ar gastando pouca energia. A ninfa também usa essas grandes asas como um cobertor para mantê-la aquecida durante sua hibernação no inverno.

Sprite Alpina
(Nympha alpum)

HABITAT: Encostas elevadas e campinas nos Alpes.

LAR: Compartilha tocas com a marmota alpina.

CARACTERÍSTICAS: Asas excepcionalmente grandes.

COMPORTAMENTO: É uma companheira útil para a marmota alpina. Quando um predador se aproxima, a ninfa produz um chamado de alerta especial: um assobio para identificar caçadores alados, como as águias-douradas, e dois assobios curtos para sinalizar inimigos terrestres, como os lobos.

Fada Montanha-Azul
(Nympha katoombae)

HABITAT: Pântanos montanhosos de escarpas rochosas.

LAR: Fendas rochosas ou saliências de despenhadeiros (fora do alcance de dingos e de outros predadores).

CARACTERÍSTICAS: Asas similares às de uma libélula; roupas feitas de folhas para se misturar à vegetação do penhasco.

COMPORTAMENTO: As fadas montanha-azul são criaturas tímidas e costumam viver sozinhas ou em pares. As plantas dos pântanos montanhosos fornecem-lhes comida de sobra, de modo que elas não precisam se aventurar para além de seus lares nas encostas de um penhasco.

Essas pequeninas fadas australianas são muito difíceis de serem avistadas, pois vivem nas encostas de penhascos, escondidas em meio aos pântanos montanhosos que surgem nas partes íngremes dos vales. Em uma saída de campo traiçoeira, desci por uma face escorregadia do penhasco, levando comigo um caderno de anotações e uma câmera volumosa. Precisei ficar pendurada ali, em silêncio, por duas horas, até conseguir ter um vislumbre dessa bela e tímida criatura.

Fada Alfaiate
(Nympha sartor)

HABITAT: Florestas de regiões montanhosas no sudeste da Ásia.

LAR: Ninhos costurados de folhas e seda de teias de aranha.

CARACTERÍSTICAS: As asas possuem cores vibrantes, que alertam os predadores de que a fada é venenosa.

COMPORTAMENTO: A ocupada fada alfaiate se aventura por vários quilômetros para coletar fibras lanosas para construir os ninhos.

A **FADA ALFAIATE** tem uma relação direta com o pássaro-alfaiate da montanha. Ela ajuda o pássaro a costurar seu famoso ninho e a cuidar dos filhotes. Em troca, quando os filhotes estão grandes o bastante para ir embora, a fada alfaiate se muda para o ninho.

Essas fadas incríveis são excepcionalmente resistentes e conseguem viver em altitudes superiores a 4 mil metros. Isso se deve a uma substância especial em seu sangue, que a impede de congelar em temperaturas hostis.

Oréade do Himalaia
(Nympha nipalensis)

HABITAT: Altas encostas do Himalaia.

LAR: Tocas na neve.

CARACTERÍSTICAS: Frequentemente confundida com a borboleta apolo, pois suas asas são muito parecidas.

COMPORTAMENTO: Às vezes, a oréade pode ser vista pairando nas correntes de ar das montanhas. No inverno, ela hiberna em uma toca nevada, mas, no verão, desce até o sopé da montanha para se alimentar do néctar das flores.

Fada Flor de Cerejeira
(Nympha cerasus)

HABITAT: Em meio às cerejeiras japonesas, nas áreas baixas das encostas das montanhas.

LAR: Pequenos ninhos feitos de gravetos e grama.

CARACTERÍSTICAS: As asas mudam de cor no decorrer do ano. Na primavera, elas são rosa e brancas, para combinar com as belas flores da cerejeira; no verão, tornam-se verdes, misturando-se com as folhas novas; e, no outono, transformam-se novamente, adquirindo tons vermelhos e alaranjados, para espelhar a árvore.

COMPORTAMENTO: A fada flor de cerejeira desempenha muitas tarefas de cuidado com a árvore, tais como a remoção de ácaros-aranha e outras pestes que danificam suas folhas.

No Japão, cada árvore de cerejeira tem sua própria população de fadas. No inverno, enquanto as árvores estão dormentes, as fadas hibernam. No entanto, com a chegada da primavera, quando os primeiros botões surgem, as pequeninas se manifestam.

Essas fadas convivem em harmonia com o pássaro olho--branco japonês, que beberica o doce néctar das flores.

As **FADAS FLOR DE CEREJEIRA** são nativas das partes montanhosas do Japão, mas podem viver em outros lugares. Por exemplo, nos Estados Unidos, onde podem ser encontradas em meio às cerejeiras que crescem ao longo do rio Potomac, em Washington. Essas árvores foram um presente do Japão em 1912, e presume-se que as fadas viajaram junto delas.

MAIS FADAS DA MONTANHA E DA COLINA

A flora e a fauna selvagem mudam conforme você sobe uma montanha. As partes baixas da encosta costumam ser cobertas por florestas, mas, à medida que você escala uma montanha, as árvores começam a rarear e eventualmente desaparecem por completo ao se alcançar o pico. As fadas da montanha têm alguns truques específicos que as ajudam a sobreviver em meio aos ventos inclementes e às temperaturas congelantes do topo das montanhas.

No calor de um dia estival, em um riacho escondido, apure os ouvidos para ouvir as risadas tilintantes das **SPRITES DO RIO** enquanto elas saltitam pela superfície, resfriando os dedinhos dos pés.

Sprite do Rio
(Nympha fluminis)

HABITAT: Margem de rios europeus.

LAR: Ninhos abandonados de martins-pescadores, na margem arenosa de um riacho.

CARACTERÍSTICAS: Asas à prova d'água similares às das libélulas; pés palmados.

COMPORTAMENTO: Embora as ninfas do rio amem mergulhar os dedinhos dos pés na água, elas estão sempre atentas para não encontrarem nenhum lúcio faminto lá embaixo. Esses peixes agressivos são conhecidos por arrebatar fadas da superfície.

FADAS DE ÁGUA DOCE

Os lagos, rios e pântanos do mundo todo servem de lar para uma variedade de diferentes espécies de fadas. Essas fadas amantes da água têm uma coisa em comum: pés palmados, especialmente adaptados para ajudá-las a nadar e deslizar pela superfície.

Conhecidas por alguns nativos norte-americanos como "pessoinhas", as **SPRITES JOGAH** constroem seus lares perto de rios e riachos.

Sprite Jogah
(Nympha jogah)

HABITAT: Beiras de rios norte-americanos.

LAR: Em geral, dentro de tocas de castores.

CARACTERÍSTICAS: As asas imitam as da venenosa borboleta-cauda-de-andorinha-azul, provavelmente para espantar predadores; pés palmados.

COMPORTAMENTO: A despeito de seu tamanho diminuto, as sprites jogah são muito fortes e conhecidas por ajudar os castores na construção de suas represas; em troca, recebem um lugar para morar.

Fogo-Fátuo
(Nympha ignis fatus)

HABITAT: Pântanos e brejos ao redor do mundo.

LAR: Ninhos de bambus em águas rasas.

CARACTERÍSTICAS: Como a sprite vaga-lume da Ásia, a fogo-fátuo possui órgãos emissores de luz nas asas.

COMPORTAMENTO: A fogo-fátuo tem hábitos noturnos, emergindo à noite para se alimentar de frutas e sementes de murtas-do-brejo e outras plantas de áreas pantanosas.

Por muitos anos, a população de St. Louis, em Saskatchewan, no Canadá, relatou ter visto luzes espectrais à noite. Luzes similares foram percebidas em áreas pantanosas de outras partes do mundo. Alguns dizem que elas provêm da liberação de gases exalados do pântano, mas acredito que, na verdade, sejam vislumbres das fadas que moram na região.

Como a jaçanã, a **LÍRIO SALTADOR** consegue caminhar sobre a água! Esta peculiar fada tem asas muito pequenas e raramente voa, preferindo usar os pés grandes e palmados para deslizar pela superfície de um lago ou lagoa.

Lírio Saltador
(Nympha lilium)

HABITAT: Lagos rasos africanos.

LAR: Grandes colchões de lírios.

CARACTERÍSTICAS: Pés palmados excepcionalmente longos; asas pequenas.

COMPORTAMENTO: A comida preferida da lírio saltador é o fruto esponjoso do lírio d'água. A fada protege os lírios d'água de pestes e ajuda a polinizar as flores. Uma vez que tenham sido polinizados, os lírios mudam de brancos para roxos!

Fada Coco
(Nympha cocos)

HABITAT: Ilhas tropicais banhadas pelos oceanos Índico e Pacífico.

LAR: Copa de coqueiros.

CARACTERÍSTICAS: Asas pequenas e listradas de marrom e branco.

COMPORTAMENTO: A fada come a polpa do coco e bebe seu doce leite. No entanto, é pequena demais para conseguir abrir essas frutas de casca dura. Para isso, ela confia no caranguejo-dos-coqueiros, que usa suas fortes garras para executar a tarefa. Em troca, a fada ajuda a manter o caranguejo limpo, removendo ácaros e outros parasitas de sua carapaça.

Não se sabe ao certo como a **FADA COCO**, de asas pequenas e incapaz de voar longas distâncias, conseguiu chegar às longínquas ilhas dos oceanos Índico e Pacífico. Minha pesquisa me leva a crer que, talvez, em vez de voar, elas viajaram de carona em cocos flutuantes!

Esta fada oceânica pode ser vista cavalgando a crista de uma onda no dorso de um peixe. A **NEREIDA** possui asas e, como um peixe voador, as utiliza para fazer breves expedições à superfície para escapar de predadores do mar. Essas asas costumam ficar dobradas nas costas para dar à fada um formato apropriado para nadar debaixo d'água.

FADAS MARINHAS E COSTEIRAS

A maioria das espécies de fadas que estudei vive na terra ou em água doce, mas também existem aquelas que habitam oceanos. No entanto, como não tenho equipamentos para fazer expedições em alto-mar, meu conhecimento a respeito delas é limitado. Talvez, no futuro, seja comum os cientistas pesquisarem o mundo submarino para aprender mais sobre a fauna selvagem dos mares.

Nereida
(Nympha oceanica)

HABITAT: Oceanos ao redor do mundo (exceto nas regiões polares).

LAR: Raramente se aninha em um único lugar, pois se mantém em constante movimento, subindo à superfície em intervalos de poucos minutos para respirar.

CARACTERÍTICAS: A nereida possui costas escuras e barriga pálida. Isso significa que ela consegue se misturar à escuridão do oceano quando vista de cima por pássaros marinhos e se mesclar à luz do céu quando vista de baixo por predadores. Esse fenômeno é conhecido como contra-sombreamento e é comum entre animais oceânicos.

COMPORTAMENTO: A nereida costuma viajar junto a grandes cardumes de peixes prateados para se proteger e, às vezes, prende-se à barriga de golfinhos para percorrer longas distâncias!

Sprite Sundarban
(Nympha palorum)

HABITAT: Manguezais de Sundarban, na Índia.

LAR: Ninhos em meio às raízes entrecruzadas das árvores, logo acima da linha d'água.

CARACTERÍSTICAS: Pés palmados; asas à prova d'água, similares às das libélulas.

COMPORTAMENTO: A ninfa Sundarban é ativa na aurora e no crepúsculo, quando sai de seu ninho e voa sobre o pântano. Durante o dia, ela se esconde, evitando gatos-pescadores, cobras e águias-pesqueiras.

Os manguezais crescem em pântanos costeiros nos trópicos, onde a terra encontra o mar. As raízes distendidas das árvores do mangue formam densos emaranhados, criando esconderijos excelentes para uma variedade de diferentes criaturas, incluindo a rara **SPRITE SUNDARBAN**.

FADAS DA SELVA

A Floresta Amazônica é um lugar notável, repleto das mais variadas formas de vida. Este habitat tropical contém plantas exuberantes que fornecem alimento e abrigo para milhares de diferentes tipos de animais. Apresento aqui apenas um vislumbre das fadas que povoam a Amazônia. Minha pesquisa contempla apenas uma pequena parcela das espécies de fadas que vivem na floresta tropical, mas tenho certeza de que existem muito mais variedades a serem descobertas.

Em minha última viagem à Floresta Amazônica, fiz uma descoberta excepcional. À beira de uma clareira ensolarada, encontrei uma fada disparando e tremeluzindo. Suas asas de batidas rápidas faziam um som murmurante peculiar enquanto rodopiava de flor em flor, bebericando néctar. Perto dali, descobri diversos e pequeninos ninhos feitos de seda, cuidadosamente escondidos na vegetação rasteira, cada um contendo uma fada em sono profundo.

As **FADAS BEIJA-FLOR** gastam tamanha energia durante o dia que entram em um sono profundo à noite. Pela manhã, levam cerca de uma hora para ficarem realmente despertas.

Não se sabe como a fada beija-flor consegue bater suas asas de modo tão mais veloz do que as outras fadas. Intrigante, esta espécie justifica pesquisas mais aprofundadas!

Fada Beija-Flor
(Nympha volitans)

HABITAT: Floresta Amazônica, América do Sul.

LAR: Pequeninos ninhos feitos de grama e seda da teia de aranha.

CARACTERÍSTICAS: Asas tremeluzentes que parecem joias.

COMPORTAMENTO: Assim como os beija-flores, são muito ágeis: conseguem voar para a frente, para trás, para os lados e até mesmo de cabeça para baixo! Suas asas batem inúmeras vezes por segundo, rápido demais para o olho humano enxergar. As fadas beija-flor passam o dia visitando centenas, senão milhares, de flores de formato tubular e bebericando seu néctar com canudos feitos de grama.

Fada Malaquita
(Nympha viridi)

HABITAT: Floresta Amazônica, América do Sul.

LAR: Dorme nas folhas enroladas das dormideiras, também conhecidas como não-me-toques.

CARACTERÍSTICAS: Asas similares às da borboleta-malaquita (as marcas chamativas servem de alerta para manter cobras e aves de rapina distantes).

COMPORTAMENTO: Sociáveis, as fadas malaquitas são amantes do sol e frequentemente se regozijam nas folhas mais altas da copa das árvores da floresta tropical. Elas se revezam para manter vigília contra gaviões-reais e corujas e, assim, conseguem se alimentar de frutas, tomar banho de sol e cuidar de seus afazeres pessoais.

A **FADA MALAQUITA** costuma usar roupas feitas de belas flores da floresta tropical.

A cauda da flutuarta da **NINFA DA FLORESTA TROPICAL** se parece muito com a cabeça de uma cobra, ornada de assustadores ocelos! Isso é muito útil para assustar e espantar predadores.

As dormideiras fecham suas folhas caso alguma coisa roce nelas para assustar insetos famintos. Se você olhar bem de perto as frondes enroladas, poderá encontrar espertas fadas malaquitas cochilando nesses folhosos sacos de dormir! As folhas propiciam um lugar confortável para um descanso protegido de predadores enquanto elas dormem.

A **NINFA DA FLORESTA TROPICAL** é uma das maiores espécies de fadas, com uma envergadura de asas que chega a dez centímetros. Pode ser vista nas selvas, nas beiras de rios, pousada em pequenos araçás-d'água ou em doces maracujás.

Ninfa da Floresta Tropical
(Nympha amazonia)

HABITAT: Floresta Amazônica, América do Sul.

LAR: Ninhos feitos no topo das árvores, próximas à água.

CARACTERÍSTICAS: Asas azuis tremeluzentes, notavelmente similares às da borboleta-azul da Amazônia.

COMPORTAMENTO: Possuem um método inteligente de se esconder. Quando se sentem ameaçadas, as ninfas se fecham em suas deslumbrantes asas, revelando os lados inferiores sarapintados de marrom. Isso permite a elas se camuflarem nos galhos das árvores e nas folhas mortas.

MAIS FADAS DA SELVA

A Amazônia não é a única floresta tropical cheia de fadas surpreendentes. Fadas que habitam a selva vivem em outros lugares do mundo também, tais como nas exuberantes ilhas verdes da Indonésia, nas florestas tropicais da África continental e de Madagascar, e nas selvas tropicais da Índia. Se você souber onde procurar, encontrará fadas em todos esses ricos habitats, desde os solos úmidos das florestas até as copas ensolaradas no alto das árvores.

Com uma envergadura de asas que mede quase quinze centímetros, a **FADA RAINHA** é a maior espécie que descobri até agora. Vivendo no meio da selva, esta fada espetacular não precisa se preocupar com predadores, pois é venenosa.

Estas pequeninas fadas estão ameaçadas, pois suas moradias estão em risco. As **FADAS PIGMEIAS** convivem com andorinhões, pássaros encontrados no sudeste da Ásia. No entanto, os ninhos dos andorinhões (feitos de saliva solidificada) estão sendo coletados por seres humanos em um ritmo alarmante. Isso está acontecendo porque esses ninhos são usados para preparar uma iguaria local: a sopa de ninho de andorinha.

Fada Pigmeia
(Nympha pumilia)

HABITAT: Florestas tropicais da Indonésia.

LAR: Ninhos dos andorinhões, geralmente encontrados em cavernas nas florestas que ficam nas encostas das montanhas.

CARACTERÍSTICAS: Uma das menores espécies de fada (a envergadura das asas mede apenas três centímetros).

COMPORTAMENTO: As fadas pigmeias são atraídas, em particular, pelo néctar que envolve as bordas das plantas-jarro. No entanto, elas precisam ser muito cuidadosas: essas bordas são escorregadias, e fadas azaradas podem tropeçar e cair dentro do jarro fatal. Por sorte, a maioria é resgatada por amigos que estão passando por perto antes de se tornar o jantar da planta carnívora!

Fada Rainha
(Nympha regina)

HABITAT: Florestas tropicais remotas da Nova Guiné.

LAR: Ninhos altos de árvores de dardo venenoso.

CARACTERÍSTICAS: As asas se assemelham à maior borboleta do mundo: a borboleta-rainha-alexandra; enfeites de cabeça feitos de penas de aves-do-paraíso.

COMPORTAMENTO: As fadas rainha têm uma dieta peculiar: bebem a seiva da árvore de dardo venenoso! O incrível é que elas parecem ser imunes a essa substância tóxica. E mais, a seiva torna as fadas venenosas, o que é útil para desencorajar predadores.

Noturna, esta fada recebe seu nome das árvores Ylang-Ylang, cujas flores são famosas pelo aroma doce, que é mais forte à noite. No crepúsculo, grupos das tímidas fadas Ylang-Ylang se alimentam do fragrante néctar.

Fada Ylang-Ylang (Nympha cananga)

HABITAT: Selvas do sul da Ásia.

LAR: Entre os galhos da árvore Ylang-Ylang.

CARACTERÍSTICAS: Orelhas e olhos extragrandes ajudam a fada a navegar no escuro.

COMPORTAMENTO: Enquanto a noturna fada rodopia aqui e ali, ela ajuda a transferir pólen de uma flor a outra. Ela tem um relacionamento próximo com muitos tipos de mariposas noturnas, que também surgem para bebericar o doce néctar da Ylang-Ylang.

Madagascar, uma ilha remota na costa leste da África, é o lar de formas de vida selvagem extraordinárias, e muitas delas não são encontradas em nenhum outro lugar do planeta. Entre essas espécies únicas estão os famosos lêmures, o sapo tomate, o camaleão-pantera... e a ninfa da lua.

Ninfa da Lua (Nympha luna)

HABITAT: Florestas tropicais de Madagascar.

LAR: Frequentemente, compartilha seus ninhos os lêmures-rato.

CARACTERÍSTICAS: Asas coloridas com longas caudas em fita, possivelmente usadas para distrair morcegos e outros predadores.

COMPORTAMENTO: Ninfas da lua dormem durante o dia e emergem no crepúsculo, junto de seus colegas de ninho, os lêmures-rato. Elas ajudam essas pequeninas criaturas a manter vigília contra as corujas-de-orelha e das fossas, carnívoros semelhantes a gatos.

Condizente com o seu nome régio, a flutuarta da fada rainha possui um casulo dourado! Ele não é feito de ouro de verdade, mas de uma substância chamada quitina, a mesma que confere o brilho metálico dos besouros buprestes. O casulo reluzente reflete a cor em torno dele, tornando-o difícil de ser avistado por cobras e pássaros famintos.

FADAS DO DESERTO E DA SAVANA

Desertos podem parecer terras devastadas e estéreis, porém, se olhar bem de perto, você encontrará uma quantidade surpreendente de vida selvagem ali: pássaros, insetos, répteis e até mesmo fadas! Desertos são lugares de extremos, portanto, as criaturas que ali vivem precisam ser resistentes para sobreviver. As temperaturas disparam durante o dia e despencam à noite. Em razão do calor, muitas fadas do deserto dormem no período diurno e saem ao anoitecer.

Fada Orvalho
(Nympha aquarius)

HABITAT: Deserto do Saara, norte da África.

LAR: Tocas cavadas na areia.

CARACTERÍSTICAS: Asas lustrosas refletem a luz do sol para reduzir a temperatura corporal da fada; cílios compridos (como os de um camelo) protegem seus olhos da areia.

COMPORTAMENTO: Bem cedo, todas as manhãs, a fada carrega gotas de orvalho para as plantas que precisam de água.

Quase nunca chove no Deserto do Saara, o que faz dele um dos lugares mais secos do planeta. As plantas ali existentes obtêm água do orvalho acumulado em suas folhas durante a noite. A pequena **FADA ORVALHO** tem uma tarefa importante a cumprir: assegurar-se de que as plantas do deserto tenham água suficiente para sobreviver, distribuindo gotas de orvalho ao nascer do sol.

Fada Cacto
(Nympha sonora)

HABITAT: Deserto de Sonora, nos Estados Unidos e no México.

LAR: Buracos nos cactos deixados por um pica-pau Gila.

CARACTERÍSTICAS: Pele grossa nas mãos e nos pés protege a fada dos espinhos do cacto; orelhas grandes ajudam a dissipar o calor corporal.

COMPORTAMENTO: As fadas cacto emergem à noite para se alimentar dos frutos vermelho-vivos dos saguaros. As orelhas grandes permitem que elas ouçam a aproximação de mochos-duendes caçadores.

O Deserto de Sonora, na América do Norte, é famoso por seus impressionantes cactos saguaro, que podem crescer até quinze metros de altura. Eles servem de lar para muitas criaturas, incluindo as **FADAS CACTO**.

Rainha da Noite
(Nympha cereus)

HABITAT: Deserto de Chihuahua, nos Estados Unidos e no México.

LAR: Tocas na base dos cactos cereus.

CARACTERÍSTICAS: Belas asas, semelhantes às pétalas da flor do cacto cereus.

COMPORTAMENTO: A rainha da noite é bastante difícil de avistar, pois só emerge quando as flores de cereus vicejam.

Peri
(Nympha peri)

HABITAT: Grande Deserto Salgado, na Pérsia.

LAR: Tocas compartilhadas com famílias de gerbos persas, parentes dos ratos-do-deserto.

CARACTERÍSTICAS: Orelhas e olhos grandes para enxergar no escuro.

COMPORTAMENTO: A peri ajuda o gerbo persa a proteger seu ninho, mantendo vigília contra as jiboias-da-areia, víboras-de-chifre e outras cobras. Ela descansa durante o calor do dia e sai no nascer e no pôr do sol.

A rara fada do deserto **RAINHA DA NOITE** cuida dos brotos noturnos dos cereus. Esta planta floresce somente uma noite por ano, no meio do verão. Quando a noite especial chega, a fada dispara entre os brotos perfumados distribuindo pólen, para que novas flores possam crescer.

A **PERI**, cujo nome deriva da palavra persa para "fada", é bem adaptada para a vida no deserto escaldante. Ela possui orelhas grandes que permitem dissipar o calor corporal e, assim, manter baixa a própria temperatura.

As fadas não são as únicas visitantes da flor do cacto: mariposas-falcão também gostam de jantar o doce néctar.

FADAS DA SAVANA

As pradarias do mundo, desde as tropicais savanas africanas até os mais frios estepes da Ásia, servem de lar para algumas fadas notáveis.

Fada da Savana

Esta sociável fada africana com frequência constrói seu lar em um monte abandonado por cupins ou em um ninho de um pássaro tecelão.

Fada Rosa da Pradaria

Você pode ter a sorte de ver esta fada rodopiando por entre as rosas selvagens nas pradarias dos Estados Unidos.

Ninfa Estepe

Na região das estepes da Rússia e da Mongólia, a fada tímida está muito bem escondida entre as gramíneas que balançam.

FADAS POLARES

Existem algumas fadas resistentes que conseguem sobreviver até mesmo nos extremos gelados dos polos Norte e Sul. Essas criaturas resilientes encaram poderosos vendavais, temperaturas congelantes e a escuridão invernal por meses a fio.

Até agora, conduzi diversas expedições de pesquisa fascinantes até as regiões árticas, mas apenas uma até a Antártida (como parte de uma equipe de expedição que investigava pinguins-imperadores).

Em um único ano, a intrépida **VIAJANTE POLAR** consegue cobrir uma inacreditável distância de 70 mil quilômetros do Ártico até a Antártida e vice-versa! Para realizar esse feito notável, ela pega carona com uma andorinha do ártico conforme ela viaja de um polo a outro.

A esperta **FADA PINGUIM** atravessa os meses congelantes do inverno aconchegada sob as penas de um pinguim-imperador! Sem dúvida, um lugar seguro e quente.

Viajante Polar
(Nympha peregrina)

HABITAT: Ilhas rochosas e praias das regiões polares.

LAR: Ninhos rasos forrados com musgo e grama.

CARACTERÍSTICAS: As asas pretas e brancas camuflam a fada entre a revoada de andorinhas do ártico.

COMPORTAMENTO: A viajante polar tem um relacionamento muito próximo com as andorinhas do ártico. Enquanto elas a levam para cavalgar em suas costas, a fada cuida delas, mantendo suas penas livres de pulgas e piolhos.

Fada Pinguim
(Nympha antarctica)

HABITAT: Porção continental da Antártida.

LAR: Debaixo de ninhos emplumados de pinguins-imperadores-machos.

CARACTERÍSTICAS: Roupas feitas de penas quentes de pinguim; as asas se assemelham a cristais de gelo.

COMPORTAMENTO: A cada inverno, os pinguins-imperadores machos chocam seus ovos em um ninho quente e aconchegante. A fada pinguim, se amontoa sobre os ovos e ali hiberna por quatro meses, até eles eclodirem. Quando os filhotes nascem, a fada ajuda a cuidar deles, mantendo guarda contra o mandrião-grande.

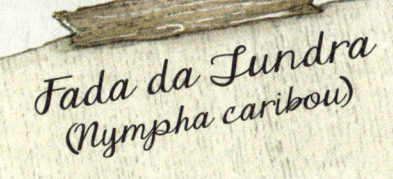

Fada da Tundra
(Nympha caribou)

HABITAT: Tundra ártica.

LAR: No verão, a fada da tundra se abriga nas tocas abandonadas dos lêmingues.

CARACTERÍSTICAS: As asas sarapintadas de marrom ajudam a fada a se camuflar com as suas companheiras renas.

COMPORTAMENTO: Enquanto a manada de renas atravessa a paisagem, as fadas mantêm vigília contra o ataque de lobos, ursos e águias-real. Elas emitem diferentes gritos de alerta para identificar diferentes tipos de predadores.

Com a chegada do verão, que traz consigo temperaturas amenas e fartura de alimentos, as **FADAS DA TUNDRA** surgem nas pastagens da tundra ártica. Elas viajam com as enormes manadas de renas que migram para o norte das florestas do Canadá e da Sibéria para criar seus filhotes.

A **FADA GEADA** é bem adaptada às condições geladas do Ártico. Ela é mais gordinha do que as outras fadas graças a uma camada de gordura que possui sob a pele, que ajuda a mantê-la aquecida. Em razão desse peso extra, essas fadas têm dificuldade para voar, o que as faz passar a maior parte do tempo em solo firme.

Fada Geada
(Nympha arctica)

HABITAT: Círculo polar ártica.

LAR: Tocas escavadas na neve.

CARACTERÍSTICAS: Camada de gordura destinada ao aquecimento corporal; orelhas pequenas para reduzir a perda de calor; pés e dedos largos para caminhar na neve.

COMPORTAMENTO: Dependendo da estação, a fada geada muda suas vestimentas. No inverno, usa um véu branco feito de lã e pelo animal, que a ajuda a se camuflar com as paisagens nevadas. No verão, veste folhas e grama, para se esconder em meio à vegetação da tundra ártica.

Sprite da Falésia
(Nympha álfar)

HABITAT: Regiões costeiras da Islândia.

LAR: Compartilha tocas no topo da falésia com uma família de papagaios-do-mar.

CARACTERÍSTICAS: Asas pretas, brancas e vermelhas similares às da borboleta almirante-vermelho.

COMPORTAMENTO: A ninfa da falésia é amiga dos papagaios-do-mar. Quando os pais estão fora, pescando, a fada protege os filhotes dos ataques do gaivotão-real e de outros predadores.

Por gerações, o povo da Islândia conta histórias sobre uma raça de seres mágicos chamados *álfar* (elfos) ou *huldufólk* (povo oculto). Não encontrei nenhuma evidência da existência dessas criaturas míticas. No entanto, posso afirmar que uma espécie de fadas vive no topo das falésias islandesas.

Sprite Andorinha
(Nympha casae)

HABITAT: Vilas e cidadezinhas.

LAR: Ninhos de lama sob os beirais de uma casa ou celeiro.

CARACTERÍSTICAS: As ninfas andorinha que vivem em áreas urbanas tendem a ter asas mais escuras do que aquelas que vivem em áreas rurais. Isso ocorre porque o ar de algumas cidades é poluído pela fuligem e fumaça das fábricas. Assim, asas de cores escuras ajudam as fadas a se camuflarem.

COMPORTAMENTO: As ninfas andorinha não são muito inteligentes. Às vezes, atravessam uma janela aberta e ficam presas do lado de dentro, batendo a cabeça contra o vidro. Se você encontrar uma delas nessa situação, capture-a com uma xícara emborcada, deslize um envelope debaixo dela e carregue-a de volta para o lado de fora, antes que a fada fique angustiada demais.

As **SPRITES ANDORINHA** vivem nos ninhos abandonados de andorinhas e nas paredes externas dos prédios, enfiadas debaixo das cumeeiras do telhado.

Copa

Brownie
(Nympha domestica)

HABITAT: Lares humanos.

LAR: Brownies costumam construir seus ninhos atrás da louça em um aparador, dentro de um cesto de costura ou de uma lata de botões. Elas são conhecidas por roubar meias para usar como sacos de dormir.

CARACTERÍSTICAS: Roupas feitas de retalhos de tecidos encontrados pela casa; asas pequenas.

COMPORTAMENTO: Brownies são agradáveis e não costumam interferir muito na vida das pessoas. No entanto, brownies maliciosas, que dão nós no cabelo das pessoas enquanto dormem ou deixam objetos espalhados pela casa para elas tropeçarem, são conhecidas por alguns como bichos-papões.

Sala de jantar

BROWNIES são o tipo mais comum de fadas domésticas. Essas criaturas brincalhonas têm por hábito "pegar emprestado" cacarecos humanos. Se suas chaves, copos ou escova de cabelo de repente sumirem, então as culpadas podem ser as brownies.

FADAS DOMÉSTICAS

Muitos adultos não acreditam, mas as fadas podem ser encontradas até dentro das nossas casas. Elas são vistas com mais frequência por crianças do que por adultos, pois os pequenos passam mais tempo explorando os cantinhos mais quietos e escondidos de uma residência. As fadas domésticas costumam viver debaixo da mobília, atrás dos rodapés e debaixo do assoalho.

Diabretes
(Nympha culinae)

HABITAT: Lares humanos.

LAR: Geralmente, atrás dos rodapés da cozinha ou debaixo de um armário de louças.

CARACTERÍSTICAS: Asas pequenas; bigodes como os de um camundongo.

COMPORTAMENTO: Existem diversas narrativas folclóricas sobre diabretes que ajudam com as tarefas domésticas. Não encontrei nenhuma evidência disso, porém a confusão pode vir do fato de que esses seres reúnem migalhas para comer, o que dá a impressão de que estão limpando o chão!

...spensa

Hall

Se você ouvir sons de movimentos apressados na cozinha à noite, podem ser os passos tamborilantes de camundongos. No entanto, eles podem muito bem ser causados por fadas que habitam as cozinhas, as **DIABRETES**.

Cozinha

Biblioteca

Sótãos são lares perfeitos para as fadas: são quentes, quietos e, geralmente, desabitados. Às **FADAS DE SÓTÃO** costumam viver felizes e em harmonia com os camundongos, e têm o hábito de abrir as ratoeiras sem serem capturadas, roubando a isca para compartilhá-la com os amigos roedores.

Fada de Sótão
(Nympha cenaculi)

HABITAT: Sótãos.

LAR: Ninhos próximos a um cano quente ou em meio a uma pilha velha de roupas.

CARACTERÍSTICAS: Asas sarapintadas de marrom, não muito diferentes das asas das traças-das-roupas.

COMPORTAMENTO: Fadas de sótão se alimentam de tecidos naturais, tais como lã e seda. Se você descobrir pequenos buracos em roupas guardadas, as fadas podem ter passado por elas!

Sala de Estar

UMA OBSERVAÇÃO SOBRE A FADA DOS DENTES

Durante meus estudos, não consegui localizar essa evasiva criatura. Não estou certa de qual é o habitat natural da fada dos dentes: presume-se que diferentes subespécies vivam em vários lugares por todo o planeta. Imagino que cada tipo de fada do dente tenha algum conhecimento da moeda e do idioma humano de sua região particular. Por ora, não sei qual o destino dos dentes coletados. Reza a lenda que as fadas dos dentes usam os dentes das crianças como tijolos para construir suas casas, porém, é necessário mais pesquisa para confirmar.

A VIDA NA TERRA DAS FADAS

A essa altura, você já entendeu que não existe um lugar chamado "Terra das Fadas", um mundo mágico separado que os seres humanos não conseguem alcançar. As fadas compartilham nosso mundo e vivem entre nós como parte da teia natural da vida. Dependendo do entorno, diversos tipos de fadas se comportam de diferentes maneiras. Por exemplo, algumas espécies são mais ativas durante o dia, enquanto outras saem à noite; algumas hibernam no inverno, e outras empreendem longas migrações conforme as estações mudam.

Itinerantes Noturnas

Muitos tipos de fadas têm hábitos noturnos (só saem à noite). Elas possuem características especiais que as ajudam a sobreviver no escuro: olhos grandes e poderosos conferem-lhes excelente visão noturna, enquanto grandes e sensíveis orelhas ajudam-nas a escutar sons que indicam perigo.

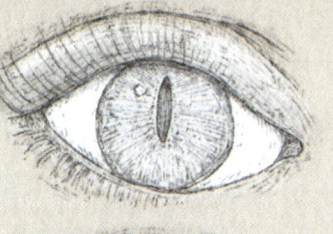
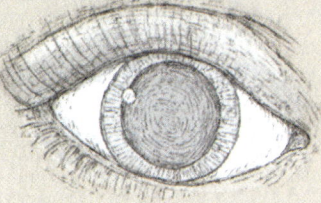

Fadas noturnas têm olhos similares aos dos gatos. Suas pupilas verticais se arregalam para que a luz possa entrar. Elas também têm uma camada especial, similar a um espelho, no fundo do olho. Essa camada reflete a luz, permitindo que enxerguem no escuro.

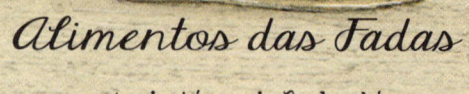

Alimentos das Fadas

As fadas que encontrei até aqui são herbívoras, o que significa que elas comem plantas, e não outros animais. Os alimentos preferidos das fadas são castanhas, sementes, frutas silvestres e outras frutas, assim como pólen e néctar das flores. Muitas fadas parecem ter predileção por doces, preferindo lanches mais caramelados e calóricos. Isso ocorre em virtude do batimento extremamente acelerado de suas asas, que consome muita energia, fazendo com que elas estejam sempre bastante famintas.

Muitas fadas domésticas têm hábitos noturnos e aparecem quando estamos dormindo. Durante o dia, é bom tomar cuidado para não as perturbar enquanto cochilam dentro de chinelos, gavetas de meias ou casinhas de boneca.

Belas Adormecidas

Muitas fadas, como a fada macieira e a fada roseiral, desenvolvem um relacionamento próximo com algum tipo específico de planta. No inverno, muitas plantas e árvores perdem as folhas e entram em dormência para impedir que congelem. Enquanto as plantas descansam, suas fadas guardiãs costumam descansar também, caindo em um sono invernal conhecido como hibernação. Isso resolve o problema de terem de encontrar comida quando ela é escassa. No outono, as fadas se preparam, coletando e estocando suprimentos abundantes para não precisarem sair de seus ninhos aconchegantes durante os longos e frios meses que terão à frente.

Algumas fadas hibernam sozinhas, enquanto outras se agrupam. As asas de certas espécies possuem propriedades térmicas especiais para mantê-las bem aquecidas.

Como os gansos, fadas migratórias às vezes voam com formação em V, o que ajuda a economizar energia. Viajar atrás da líder do grupo é fácil, pois há menos resistência do vento. Durante o voo, as fadas se revezam nessa posição dianteira.

Em Movimento

Tal como muitas espécies de borboletas e pássaros, algumas fadas embarcam em uma longa jornada com a proximidade do inverno, em busca de temperaturas mais quentes. Ao final do outono, por exemplo, a fada sorveira-brava viaja do norte da Escandinávia até as Ilhas Britânicas, de clima mais ameno. Não se sabe com exatidão como as fadas percorrem distâncias tão longas. Talvez elas sejam guiadas pela posição do sol e das estrelas, assim como pelos rios, faixas costeiras e outros pontos de referência.

FADAS E PLANTAS

As fadas desempenham um papel vital no mundo natural, um papel que não é reconhecido ou compreendido pela maioria dos seres humanos. Essas criaturinhas ocupadas tomam conta das plantas em seus diferentes habitats: ajudam a polinizá-las, espalham suas sementes e as mantêm saudáveis. Em troca, as plantas lhes fornecem tanto um lugar seguro para se abrigarem quanto um suprimento de comida para se alimentarem.

Um Olho Vigilante

Para cuidar das plantas, as fadas desempenham várias tarefas. Em áreas secas, elas examinam com atenção as plantas todas as manhãs para se assegurar de que elas tenham umidade suficiente. Caso pareçam sedentas, borrifam orvalho nelas. Essas pequenas jardineiras inspecionam cuidadosamente as raízes das plantas, folhas e caules em busca de sinais de doenças, removem pragas e garantem que os galhos tenham bastante espaço para crescer.

Espalhando Sementes

Para que uma nova planta se desenvolva, suas sementes precisam ser espalhadas de modo que possam brotar e se enraizar. Então, como as plantas espalham suas sementes? Algumas são ajudadas pelo vento ou por animais, enquanto outras dependem das fadas.

Animais Ajudantes

Pássaros e outros animais se alimentam de frutas e espalham sementes em seus dejetos. Algumas podem se prender aos pelos de algum animal para pegar carona.

Afaste-se!

Em algumas plantas, o fruto explode quando amadurece, espalhando sementes por toda parte.

Soprando com o Vento

Outras sementes possuem "paraquedas" emplumados que as permitem ser carregadas pelo vento até um novo lar.

Amigas Fadas

Algumas plantas parecem confiar nas fadas para espalhar suas sementes, assegurando-se de que novas plantas crescerão.

Belas Polinizadoras

Por que as plantas têm flores? As flores ajudam as plantas a produzirem novas plantas. Elas contêm uma substância em forma de pó chamada pólen. Na maioria dos casos, se grãos ou pólen encontrarem seu caminho de uma flor até outra, então sementes se formarão, e elas crescerão, formando novas plantas. O pólen costuma ser carregado entre diferentes flores pelo vento, por insetos e... por fadas! Com frequência, elas disparam para cá e para lá com uma escovinha, salpicando poeira de pólen de uma flor à outra.

Grãos de pólen são coletados da ANTERA

Polinizadora

Grãos de pólen

O pólen é espalhado sobre o ESTIGMA

SEMENTES se formam no OVÁRIO

Pó de Fada

No passado, algumas pessoas observaram a presença de "pó de fada" nos bosques e clareiras em noites enluaradas. Há muito essa substância tem sido apreciada por suas propriedades mágicas. Mas o que é o pó de fada? Acredito que, na verdade, ele seja uma mistura de diferentes tipos de pólen combinada com escamas iridescentes das asas das fadas. À noite, essa mistura reflete o luar, produzindo efeitos reluzentes. Esse pó, muito longe de ser "mágico", é, de fato, salpicado pelas fadas como uma forma de repelir caracóis.

TABELA DE IDENTIFICAÇÃO DE FOLHAS

Quem deseja aprender mais sobre os costumes das fadas precisa conhecer os diferentes tipos de árvores. Se você conhece as plantas que são mais comuns na região onde você mora, então saberá quais fadas tem mais chances de avistar.

Carvalho
Procure por: Dríade

Castanheiro-da-Índia
Procure por: Ninfa Castanha-da-Índia

Macieira
Procure por: Fada Macieira

Pilriteiro
Procure por: Fada Flor-de-Maio

Acer Campestre
Procure por: Libélula das Terras Baixas

Sorveira-Brava
Procure por: Fada Sorveira-Brava

Bétula
Procure por: Fada Bétula

Faia
Procure por: Fada Pica-Pau

Sicômoro
Procure por: Bela da Purificação

UM JARDIM VENENOSO

Uma nota de advertência a todos os observadores de fadas: quando você estiver em um bosque, procurando por nossas amigas aladas, esteja ciente de que muitas plantas amadas por elas são, na verdade, venenosas aos seres humanos. Uma floresta que abriga fadas não costuma ser um lugar para os fracos de coração, pois pode ser um jardim de perigos mortais. Nunca, JAMAIS, coma frutos selvagens, cogumelos ou outras plantas, a menos que um adulto instruído tenha conferido esses itens anteriormente.

Dedaleira

As flores da dedaleira com frequência são chamadas de "dedais de bruxas", "sinos dos mortos" e "chapéus de fadas". De fato, ocasionalmente, as flores rosa e roxas são usadas como chapéus pelas fadas. No entanto, a dedaleira contém um veneno que pode afetar o coração e os rins das pessoas, além de causar vômito.

Beladona

A beladona, também conhecida como "beladona mortal" e "cerejas-do-inferno", parece inofensiva para as fadas, embora apenas dois de seus frutos consigam matar uma criança. Entre os efeitos nefastos estão visão turva, dores de cabeça, vômito, sonolência e alucinação.

Acônito

Também conhecido como "capuz-de-frade", "matalobos", ou "capacete do diabo", essa planta fatal cresce em campinas e bosques úmidos. O mero toque em suas folhas, flores ou raízes pode envenenar um ser humano, mas as fadas parecem ser imunes a ela e, ocasionalmente, podem ser vistas rodopiando por entre as belas flores azuis.

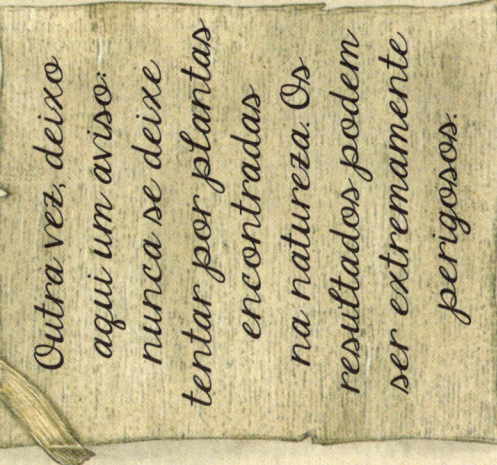

Louro-cerejo

Humanos deveriam ficar muito distantes da planta de louro-cerejo. Todas as partes do louro, dos frutos e folhas aos caules e raízes, são venenosas, contendo uma substância mortal conhecida como cianeto. As fadas, contudo, parecem não ser afetadas por esse veneno e costumam se alimentar desses frutos.

Cicuta

A bela planta é apreciada pelas fadas, mas é extremamente tóxica para os humanos. Ela cresce em valas e beiras de rios, e ao longo das margens dos bosques. Se ingerida por humanos, a cicuta pode causar doenças e até levar à morte.

Mandrágora

Segundo as lendas, a mandrágora foi usada na medicina para aliviar dores. No entanto, uma dose alta demais dessa planta pode ser fatal. Sua raiz lembra muito o formato de um corpo humano, e as narrativas folclóricas dizem que uma mandrágora emite um berro de estourar os ouvidos caso seja desenterrada. Na verdade, esses berros devem ser da fada que mora dentro dela, revoltada com a destruição de seu lar.

Agárico

As fadas costumam sentar ou se abrigar debaixo destes cogumelos vermelhos de pintas brancas. Como outros tipos de fungo, eles são venenosos e podem crescer da noite para o dia em grupos, formando um anel. No passado, as pessoas acreditavam que qualquer humano que ousasse colocar o pé dentro de um "anel de fada" poderia ser abduzido para a terra das fadas.

Jarro-maculado

Comum em bosques, esta planta tem muitos nomes, incluindo "demônios e anjos", "cuco", "lírio de arum". Seus frutos alaranjados e vermelhos, embora sejam um dos aperitivos preferidos das fadas, se consumidos por humanos, causam inchaço na boca e na garganta, tornando difícil respirar.

FADAS E ANIMAIS

Ao contrário das fadas das histórias, as fadas de verdade não conseguem se transformar em animais diferentes, mas possuem, de fato, uma íntima conexão com muitas espécies. Como integrantes do reino animal, as fadas naturalmente estão em contato com outras criaturas. Elas vivem felizes e em harmonia com muitos tipos de fauna selvagem e com frequência se ajudam. Esse tipo de relação, na qual as duas espécies se beneficiam, é chamado de "mutualismo".

Amigos Emplumados

Muitos tipos de fada mantêm uma forte relação com os pássaros. As fadas costumam pegar carona nas costas deles em troca de um pequeno serviço, tal como limpar sua plumagem. Os pássaros usam chamados de alerta específicos para avisá-las quando criaturas perigosas — incluindo seres humanos — estão por perto.

A **FADA PICA-PAU**, cujas asas são muito pequenas, costuma cavalgar nas costas do vistoso pica-pau. Os pica-paus usam seu forte bico para talhar buracos e construir ninhos nas árvores, não apenas para si, mas também para as fadas! Em troca, a fada remove seus carrapatos e fica atenta à aproximação de gaviões e açores, predadores de ambas as espécies.

O martim-pescador aceita apenas uma espécie de fada em seu território: a **SPRITE DO RIO**. Ela vigia o ninho do martim-pescador e protege os filhotes quando o pássaro está ausente, caçando. Em troca, ele alerta as fadas caso predadores se aproximem.

FADA PICA-PAU

Os cucos frequentemente escolhem o ninho da petinha-dos-prados para depositar seus ovos. Uma vez que eles eclodem, o cuco expulsa os outros filhotes para fora do ninho. A petinha é então induzida ao erro de cuidar do filhote desproporcional do cuco, acreditando que é um filhote dela. Para impedir isso, a **FADA CAUDA-DE-ANDORINHA** costuma montar guarda no ninho da petinha-dos-prados, armada com um graveto afiado, para manter os cucos bem longe.

Criaturas dos Bosques

As fadas flor-de-maio têm uma relação interessante com os porcos-espinhos europeus. Essas fadas geralmente cuidam dos filhotes enquanto a mãe está procurando comida. Em troca, os ouriços costumam doar espinhos para as fadas se defenderem dos ataques de caçadores.

FADA FLOR-DE-MAIO COM OS PEQUENOS OURIÇOS

Como muitas fadas, os cervos-vermelhos habitam os bosques e são protegidos por elas, que tratam suas feridas com teias de aranha. Em troca, os cervos emitem um chamado de alerta parecido com um latido quando animais perigosos se aproximam.

Algumas fadas britânicas, tais como a **FADA CHAPÉU-DE-COBRA**, viram amigas dos esquilos-vermelhos. Elas costumam evitar os esquilos-cinzentos, que chegaram da América do Norte à Grã-Bretanha na década de 1870. Os esquilos-cinzentos carregam o vírus da varíola de esquilos, que é fatal para os da espécie vermelha. Muitas fadas dos bosques ajudam os esquilos-vermelhos, alimentando-os e cuidando deles quando ficam doentes.

Ratos-do-campo, comuns em bosques e campinas, vivem em tocas subterrâneas. Eles costumam permitir que as **FADAS DA CAMPINA** compartilhem seus lares em troca de frutos e sementes.

Insetos Aliados

As fadas amam mel, então, às vezes, elas ajudam as abelhas a coletarem pólen e néctar. Elas também são aliadas naturais das borboletas, montando guarda contra o ataque de vespas e cobras. Além de terem uma relação muito amistosa com as mariposas.

Mariposas são as presas preferidas dos morcegos, que as rastreiam no escuro, emitindo guinchos agudos e ouvindo o eco quicar do corpo das mariposas. Algumas fadas emitem seus próprios sons guinchantes à noite para confundir os morcegos caçadores, e, assim, proteger as mariposas. Essa tática é chamada de "obstruir a ecolocalização".

INIMIGOS DAS FADAS

Como todas as outras criaturas, as fadas são parte da cadeia alimentar em cada um de seus variados habitats. São exclusivamente herbívoras, ou seja, não comem outros animais e alimentam-se somente de plantas. No entanto, frequentemente são caçadas por criaturas predatórias, incluindo cobras, arminhos, doninhas, aves de rapina, aranhas e vespas. Às vezes, estão no cardápio até de plantas carnívoras! Para permanecerem seguras, elas possuem uma gama de truques para espantar agressores, tais como camuflagem, veneno... e a habilidade de revidar ataques!

Aves de Rapina

Fadas no mundo inteiro são caçadas por aves de rapina, entre elas corujas, águias e falcões. Diferentes espécies desenvolveram meios inteligentes de evitar ataques aéreos. A fada pimenteira, por exemplo, se movimenta com extrema lentidão, a fim de não ser vista. A fada pavão tem ocelos nas asas, que parecem olhos de uma grande ave de rapina, o que espanta as demais aves.

A fada bétula é especialista em se esconder do olhar lancinante da coruja-das-torres.

Animais Maliciosos

Não são apenas os pássaros carnívoros e as cobras predadoras que ameaçam as fadas. Elas também precisam estar atentas contra mamíferos famintos. Nas Ilhas Britânicas, arminhos, doninhas e raposas são oponentes ferozes, enquanto as fadas dos Alpes podem ser caçadas por lobos ou gatos selvagens. Já as fadas australianas precisam estar atentas com dingos agressivos, ao passo que, na América do Norte, guaxinins e glutões são seus principais predadores.

Cobras

Em alguns habitats, em especial nas selvas, as cobras impõem uma ameaça genuína às fadas. Nas profundezas da Amazônia, o inimigo mais letal da bela ninfa da floresta tropical é a jiboia-arborícola-esmeralda. Esta cobra verde-vibrante pode atingir até dois metros de comprimento. Ela se enrola entre os galhos das árvores e então se impulsiona para abocanhar a presa com os seus temíveis colmilhos. Por sorte, as ninfas da floresta tropical têm reações extremamente rápidas e, em geral, conseguem escapar ilesas.

A apanha-moscas é uma planta carnívora encontrada em habitats quentes e úmidos ao longo da costa leste dos Estados Unidos. Se uma infeliz fada fogo-fátuo roçar contra as folhas peludas da planta, elas estalam e se fecham, aprisionando a pobre criatura.

Plantas Carnívoras

Da próxima vez que estiver nas selvas da Indonésia, assegure-se de olhar dentro dos cálices de qualquer planta-jarro que encontrar. Você poderá se deparar com uma fada pigmeia irada. As plantas em forma de jarro usam néctar para atrair insetos e outras presas até suas bordas escorregadias. Se tropeçarem e caírem no jarro, serão pouco a pouco transformados em sopa para a planta.

Rastejantes Repulsivos

É um fato triste que algumas espécies de vespas cacem flutuartas de fada e as levem para os seus ninhos. Nos habitats de florestas tropicais, as fadas podem ser vitimadas por enxames de formigas saqueadoras ou atrair a atenção de um louva-deus: um dos mais temidos predadores do mundo dos insetos. Teias de aranha são perigos comuns: qualquer fada desatenta durante o voo pode ser capturada por um abraço sedoso e se tornar a ceia de um aracnídeo.

IDIOMA DAS FADAS E LINGUAGEM SECRETA

Você pode estar se perguntando como as fadas se comunicam entre si. Elas usam idiomas humanos, falam em sua própria linguagem secreta ou interagem de outras maneiras? Assim como os humanos e outros animais, as fadas usam vários métodos para se fazerem entender, desde falar, assobiar e chamar, até escrever.

Pronúncia das Fadas

Sempre que estou procurando fadas na natureza, começo simplesmente ouvindo. Com frequência, o burburinho das nossas amigas aladas pode ser confundido com facilidade com um canto de passarinho, e apenas um ouvinte muito experiente consegue identificar os chilreios agudos emitidos por elas. Contudo, embora eu consiga reconhecer o idioma das fadas quando o escuto, infelizmente ainda não compreendi sua língua. Arriscaria dizer que diferentes espécies de fadas ao redor do mundo falam diferentes idiomas. Alguns soam como um tilintar musical, enquanto outros se assemelham à tagarelice de uma ocupada colônia de pássaros.

Linguagem Corporal

As fadas têm outros modos de se comunicar entre si além da linguagem falada. Ações e gestos são essenciais no reino das fadas: um brusco bater de asas ou um rápido dar de ombros podem expressar raiva, ao passo que um suave zumbido produzido por asas vibrando de forma gentil costuma indicar prazer, semelhante ao ronronar de um gato.

Você acredita em fadas?

Escritoras de Cartas

Notavelmente, parece que, em algumas situações, as fadas chegaram a aprender idiomas humanos. De que outra forma explicaríamos as letras em miniatura que volta e meia aparecem debaixo dos travesseiros das crianças quando elas perdem um dente? No entanto, acredito que as fadas usam idiomas humanos apenas em sua forma escrita; até aqui, não ouvi nenhuma fada falar um dialeto humano reconhecível.

Comigo venha dançar
Na brisa suave
E na ponta dos pés passear
Pelas árvores

O Alfabeto das Fadas

No decorrer de meus estudos, ocasionalmente descobri pequeninos símbolos riscados em cascas de árvore ou rabiscados em folhas. Embora eu tenha imaginado que esses símbolos haviam sido colocados lá pelas fadas, por muitos anos não consegui decifrar seu significado. No entanto, em uma tarde, enquanto eu escavava na minha horta, desenterrei um enorme pedregulho polido que mudou tudo. Nele estava entalhada uma série de minúsculos símbolos em alfabeto de fada, e, abaixo deles, havia uma frase em inglês. Observando mais de perto, percebi que as palavras em inglês eram uma tradução do alfabeto das fadas. Esse único pedregulho foi a chave para destravar os segredos da escrita delas!

Usando a pedra como guia, decodifiquei o alfabeto das fadas.

UM GUIA PARA ENCONTRAR FADAS

Minha grande esperança é que este livro tenha fornecido todas as informações necessárias para que você identifique as fadas e compreenda o lugar delas no mundo natural. Tudo que você precisa fazer agora é encontrá-las! A maioria dos adultos está tão distraída com as atribulações da vida cotidiana que não consegue vê-las; eles simplesmente nunca reservam um momento para procurá-las. É um fato que as crianças são muito melhores que os adultos em encontrar nossas amiguinhas. Quando sair para avistar fadas, é importante passar um tempo em meio à natureza. Não é de se espantar que os poucos adultos que se deparam com fadas frequentemente sejam fazendeiros ou lenhadores, pois eles trabalham nos habitats naturais das fadas. Se você tiver paciência e observar atentamente a beleza que existe ao seu redor, certamente você as encontrará.

Dicas para Encontrar Fadas

Acima de tudo, não tenha pressa. Vá devagar, pise com suavidade e fale baixo. Passe um tempo sem se mexer, observando em silêncio. Para encontrar as fadas, você deve abrir os olhos e a mente: só conseguirá enxergá-las se acreditar que elas estão lá.

Os melhores horários do dia para sair em busca delas é no nascer e no pôr do sol. É durante esses momentos intermediários, quando ainda não é exatamente dia ou noite, que as fadas costumam sair para resolver seus assuntos. A véspera do solstício de verão também é uma época particularmente boa para ver fadas, pois as longas horas de luz significam que muitas espécies vão estar ativas até tarde.

Como já vimos, as fadas vivem em todos os tipos de habitats, então você pode procurá-las em inúmeros lugares: jardins, parques, campinas, bosques, beira de rios e riachos. Se você encontrar uma fada, não tente tocá-la nem capturá-la, apenas aproveite para observá-la enquanto ela permanecer ali. E, quando for embora, lembre-se de deixar tudo do jeito que encontrou. Como diz o ditado: "Leve apenas as lembranças e deixe apenas as pegadas".

Procure por...

- Pequenas pegadas
- Ovos de fada depositados em folhas
- Casulos de flutuarta descartados
- Borrifos de pó de fada ao redor da base das plantas
- Borboletas (com frequência, as fadas voam ao lado delas)
- Cascas quebradas de nozes
- Luzes cintilantes (algumas espécies são bioluminescentes)
- Regiões ocas em troncos de árvore que podem ser usadas como casa pelas fadas
- Pequenas tocas no solo
- Ninhos em miniatura
- Símbolos das fadas entalhados em árvores ou pedras

Escute...

- Cantos de pássaros (podem ser o burburinho de fadas)
- Vozes suaves e delicadas
- Fragmentos de risadas tilintantes
- Batidas de asas de fadas
- Ruídos e assobios
- Trinar de "grilos" (este som pode ser feito por fadas machos roçando suas asas uma na outra)
- Ruídos apressados e farfalhantes na vegetação rasteira

Equipamentos Úteis para Encontrar Fadas

- Uma câmera
- Um caderno de anotações
- Um chapéu resistente (para o caso de fadas antissociais derrubarem castanhas em você)
- Lupa (para procurar ovos de fada)
- Mapa da região
- Binóculos
- Cantil
- Botas resistentes

Hospedaria Juliana
Rua Cariré, 112
Manaus, Brasil
13 de setembro de 1925

Minha querida Annabelle,

Espero que esta carta a encontre bem, minha garotinha. Você viu o livro que lhe enviei?

Acabo de voltar de uma viagem de três semanas que fiz à Floresta Amazônica. Enfrentamos chuvas torrenciais, enxames de formigas e uma canoa que emborcou, mas que aventura foi essa! Embora eu tenha avistado várias espécies de fadas – incluindo a fada malaquita e a ninfa da floresta tropical – ainda não encontrei nenhuma fada beija-flor. Estou determinada a continuar procurando. A despeito dos meus melhores esforços para evitar os mosquitos, fui bastante devastada pelas mordidas. Verdade seja dita, estou me sentindo um pouco febril, mas espero superar isso logo. Junto ao meu guia, Afonso, retornei à cidade de Manaus para estocar suprimentos antes de prosseguirmos com a nossa expedição.

Estou preocupada, Annabelle. Ao longo das últimas semanas, testemunhamos partes da floresta sendo queimadas para dar espaço à agricultura ou sendo derrubadas por madeireiros. Essa destruição injustificada de habitats não é um bom presságio para as fadas. Para nenhuma vida selvagem, aliás. Será que as fadas beija-flor são tão difíceis de encontrar por estarem em extinção?

Acredito que devemos manter a existência das fadas em segredo, pois existem pessoas que poderiam tentar machucá-las ou capturá-las para exibirem-nas como novidades. No entanto, me ocorreu que talvez devêssemos espalhar o conhecimento sobre as fadas para alguns poucos escolhidos: pessoas que pensam como nós, que se preocupam com as criaturas do planeta e que farão de tudo para protegê-las.

Por ora, é isso. De qualquer modo, vamos discutir essa questão mais a fundo quando eu voltar.

Até lá, minha garotinha, com todo o meu amor,

Tia Elsie

Para Mandy, é claro, e para Rachel.
Obrigada por plantarem a semente.

E para a minha paciente, generosa
e genial mãe. Obrigada por tudo.

E por último, mas nem por isso menos
importante… Para Joanie e para Tess,
minha fada flor-de-maio e minha fada
azul-celeste. Obrigada pela revisão
maravilhosa de fatos feéricos!

— E.H.

Para a minha mãe e para o meu pai,
Muriel e Richard. Obrigada por sempre
encorajarem meu interesse pela arte
e pela literatura.

— J.R.

MAGICAE
DARKSIDE

A NATURAL HISTORY OF FAIRIES
Copyright do texto © Emily Hawkins, 2020
Copyright das ilustrações © Jessica Roux, 2020

Publicado pela primeira vez em 2020 pela Frances Lincoln
Children's Books, um selo do The Quarto Group. Level 2,
1 Triptych Place, London SE1 9SH, United Kingdom
www.quarto.com

O direito de Emily Hawkins de ser identificada como a autora
e de Jessica Roux de ser identificada como a ilustradora
desta obra foi assegurado por elas de acordo com o
Copyright, Designs and Patents Act, 1988 (Reino Unido).
Todos os direitos reservados.

Tradução para a língua portuguesa
© Renan Santos, 2024

Diretor Editorial
Christiano Menezes

Diretor de Novos Negócios
Chico de Assis

Diretor de Planejamento
Marcel Souto Maior

Diretor Comercial
Gilberto Capelo

Diretora de Estratégia Editorial
Raquel Moritz

Gerente de Marca
Arthur Moraes

Gerente Editorial
Marcia Heloisa

Editora
Nilsen Silva

Adap. de Capa e Miolo
Retina 78

Coordenador de Diagramação
Sergio Chaves

Preparação
Lúcia Maier

Revisão
Fernanda Marão
Francylene Silva

Finalização
Roberto Geronimo

Marketing Estratégico
Ag. Mandíbula

Impressão e Acabamento
Braspor

DADOS INTERNACIONAIS DE CATALOGAÇÃO NA PUBLICAÇÃO (CIP)
Jéssica de Oliveira Molinari CRB-8/9852

Hawkins, Emily
    História natural das fadas / Emily Hawkins; tradução de Renan
Santos; ilustrações de Jessica Roux. – Rio de Janeiro : DarkSide
Books, 2024.
    64 p. : il., color

    ISBN: 978-65-5598-448-4
    Título original: A natural history of fairies

    1. Ficção britânica 2. Literatura fantástica
I. Título II. Santos, Renan III. Roux, Jessica

24-4216   CDD 823

Índice para catálogo sistemático:
1. Ficção britânica

[2024, 2025]
Todos os direitos desta edição reservados à
DarkSide® *Entretenimento LTDA.*
Rua General Roca, 935/504 — Tijuca
20521-071 — Rio de Janeiro — RJ — Brasil
www.darksidebooks.com